안데르센 동화집 **눈의 여왕**

눈의 여왕
안데르센 동화집

한스 크리스티안 안데르센 지음 / 김양미 옮김 / 규하 일러스트

눈의 여왕 The Snow Queen · 10

거울과 깨진 조각 · 12 / 소년과 소녀 · 16 / 요술쟁이 할머니의 꽃밭 · 33 / 왕자와 공주 · 51 /
산적의 딸 · 68 / 라플란드 할머니와 핀란드 여자 · 79 / 눈의 여왕의 성과 그곳에서 일어난 일 · 88

인어공주
The Little Mermaid · 98

저 먼 바다는 수레국화처럼 푸르고 수정처럼 맑으며 매우 깊습니다. 그 깊이를 헤아릴 수 없어 세상에서 가장 긴 닻줄을 늘어뜨려도 바닥에 닿지 않습니다. 바닥에서 수면까지 닿으려면 교회 첨탑을 얼마나 쌓아야 할지 모를 정도입니다. 그런 곳에 인어가 살고 있습니다 ············

나이팅게일
The Nightingale · 158

황제의 정원은 모든 것이 가지런히 잘 꾸며져 있었고, 어찌나 넓은지 정원사도 어디가 끝인지 모를 정도였습니다. 정원 끝에는 키 큰 나무들과 깊은 호수가 있는 아름다운 숲이 있었습니다. 숲은 깊고 푸른 바다까지 이어져 있었고, 큰 배들이 나뭇가지 아래로 떠다녔습니다. 그 속에 나이팅게일 한 마리가 살았습니다··········

백조왕자
The Wild Swan · 190

겨울이 되면 제비가 날아가는 머나먼 나라에 왕자 열한 명과 엘리자라는 공주를 둔 왕이 살았습니다. 열한 명의 왕자들은 하나같이 가슴에 별을 달고 허리에는 칼을 차고 학교에 다녔고 막내인 엘리자 공주는 유리로 된 작은 의자에 앉아 왕국의 절반을 주어야 살 수 있는 값비싼 그림책을 보곤 했습니다 ··········

장난감 병정
The Steadfast Tin Soldier · 234

옛날 옛적에 장난감 병정 스물다섯 명이 있었습니다. 모두가 낡은 양철 숟가락으로 만들어진 형제들이었습니다. 다들 어깨에 총을 멘 채 앞을 똑바로 바라보는 자세였고, 붉고 푸른색이 어우러진 멋진 제복 차림이었습니다.
....

성냥팔이 소녀
The Little Match Girl · 252

살을 에는 듯한 추운 겨울이었습니다. 하늘에서는 눈발이 날리고 있었고 곧 날이 어두워질 참이었습니다. 새해를 하루 앞둔 한 해의 마지막 날이었지요. 불쌍한 어린 소녀 하나가 모자도 쓰지 않은 채 어둠이 내리는 차가운 거리를 맨발로 걷고 있었습니다.…………

첫 번째 이야기
거울과 깨진 조각

　자, 주목하십시오! 이제 이야기를 시작하겠습니다. 이 이야기를 끝까지 읽고 나면 지금보다 훨씬 많은 사실을 알게 될 것입니다. 모든 게 악마의 소행이었다는 사실 말입니다. 그 악마는 세상에서 가장 사악한 마왕이었습니다.

　어느 날, 악마는 거울 하나를 만들고는 무척 기뻐했습니다. 그 거울은 멋지고 아름다운 것들은 모조리 찌그러뜨려 거의 보이지 않게 만들고, 쓸모없고 흉측한 것들은 더 크게 비추어 돋보이게 했습니다. 아무리 아름다운 풍경도 삶은 시금치처럼 보였고, 아무리 착한 사람도 끔찍한 모습 아니면 몸통 없이 머리로 서 있는 것처럼 보였습니다. 거울에 비친 사람들은 누구인지 알아채지 못할 정도로 일그러져 보였고, 얼굴에 주근깨가 하나만 있어도 코와 입까지 다 덮을 정도로 주근깨투성이로 보였습니다.

악마는 정말 재미있다며 좋아했습니다. 거울은 친절하고 신앙심이 깊은 사람을 흉측하게 일그러뜨렸고, 악마는 자신의 교활한 발명품을 보며 웃음을 터뜨렸습니다. 악마는 학교를 운영하고 있었는데 악마 학교에 다니는 학생들은 이 거울에 대해 기적이 일어났다며 소문을 퍼뜨리고 다녔습니다. 이제야 인간들이 처음으로 세상과 자신들의 참모습을 볼 수 있게 되었다며 떠들어 댔던 것입니다. 악마 학교에 다니는 학생들은 거울을 들고 온 세상을 돌아다녔습니다. 그래서 그 거울에 비춰진 적이 없는 사람이나 나라는 하나도 없을 지경이었습니다. 그러다 악마들은 하늘로 올라가 천사들과 하느님을 놀려 줄 생각까지 하게 되었습니다. 하지만 하늘로 높이 올라갈수록 거울이 점점 미끄러워져 도저히 잡고 있을 수가 없었습니다. 결국 손에서 미끄러진 거울은 땅에 떨어져 산산조각이 나고 말았습니다.

거울이 깨지자 더 큰 불행이 찾아왔습니다. 모래알보다 작은 조각들이 바람에 날려 세상 곳곳으로 날아갔기 때문입니다. 아무리 작은 조각이라도 사람의 눈에 들어가는 날에는 눈에 달라붙어 모든 것을 뒤틀려 보이게 했고, 나쁜 면만을 보게 만들었습니다. 티끌만 한 조각 하나에도 큰 거울과 똑같은 힘이 있었기 때문입니다. 혹시 심장에라도 박힌다면 심장이 얼음장처럼 차가워지기 때문에 정말 끔찍한 일이 아닐 수 없었습니다. 어떤 조각들은 유리창으로 쓰일 정도로 아주 컸습니다. 그 창으로 친구를 보는 건 정말 슬픈 일이었습니다. 안경알이 된 조각도 있었습니다. 그 안경을 쓴 사람들 또한 세상을 공정하고 올바르게 볼 수 없어 큰 낭패를 겪었습니다. 악마는 자기가 저지른 모습을 보며 배가 아플 정도로 웃어 댔습니다. 하지만 아직도 세상에는 수많은 거울 조각들이 하늘을 떠다니고 있었습니다. 이제 그중 한 이야기를 들려 드리겠습니다.

두 번째 이야기
소년과 소녀

 집과 사람들이 많은 큰 도시에 사는 사람들은 작은 정원조차 가질 공간이 없어 화분에 꽃나무를 심는 것으로 만족해야 합니다. 그런 도시에 화분보다 조금 큰 정원을 가진, 가난한 두 아이가 살았습니다. 둘은 오누이는 아니었지만 그만큼이나 사이가 좋았습니다. 아이들은 서로 마주 보는 다락방에서 살았습니다. 두 집 지붕이 서로 맞닿아 있었고 그 사이에 빗물받이가 있었습니다. 작은 창문을 통해 빗물받이만 넘어가면 이 창에서 저 창으로 옮겨 갈 수 있었습니다.

 두 집 모두 창문 바깥에 채소와 아름답게 자란 작은 장미 한 그루를 심은 큰 나무상자를 두었습니다. 장미들은 아름답게 잘 자랐습니다. 어느 날, 아이의 부모들은 나무상자를 빗물받이 위에 걸쳐 놓고 창과 창이 이어지게 했습니다. 꽃담 두 개가 생긴 듯했습니다. 완두콩 줄기가 상자에서 늘어졌고, 길게 가지를 뻗은 장미가 창문을 휘감으며 서로 엉켜 있는 모습이 마치 줄기와 꽃으로 장식한 개선문 같았습니다. 상자가 아주 높이 걸쳐 있었으므로 아이들은 그곳에 허락 없이 올라가서는 안 되었습니다. 하지만 장미 덩굴 아래에 등 없는 작은 의자에 앉아 노는 것은 괜찮았습니다. 아이들은 그곳에서 즐거운 시간을 보내곤 했습니다.

하지만 겨울에는 이런 놀이도 끝이었습니다. 창문이 서리로 꽁꽁 얼어붙을 때면 아이들은 난로에 구리동전을 데워 창에 대고 눌렀습니다. 그러면 순식간에 밖을 내다볼 수 있는 동그란 구멍이 생겨났습니다. 그 구멍으로 서로를 바라보는 소년과 소녀의 다정한 눈망울이 밝게 빛났습니다. 사내아이의 이름은 카이, 여자아이의 이름은 게르다였습니다. 여름에 둘은 창문 밖으로 한 발짝만 내밀면 만날 수 있었지만, 겨울이 되면 계단을 오

르내리며 눈보라를 뚫고 가야 만날 수 있었습니다.

"하얀 벌떼가 밖에서 윙윙거리는구나."

어느 날 눈을 바라보며 할머니가 말했습니다.

"저기에도 여왕벌이 있나요?"

진짜 벌의 세계에서는 여왕벌이 있다는 걸 아는 소년이 물었습니다.

"그럼, 있고말고! 눈의 여왕은 눈이 가장 많은 곳에 떠다닌

단다. 다른 눈보다 훨씬 큰데다 땅에는 절대 내려앉지 않고 먹구름 속으로 날아다니지. 겨울밤이면 거리를 날아다니며 창문 안을 몰래 들여다본단다. 그러면 신기하게도 유리창이 얼어붙어 활짝 핀 꽃처럼 보이는 거야."

할머니가 대답했습니다.

"네, 저도 본 적 있어요!"

두 아이가 동시에 외쳤습니다. 아이들은 할머니의 말이 사실이라고 믿었습니다.

"눈의 여왕이 집 안에도 들어올까요?"

소녀가 물었습니다.

"올 테면 오라지! 뜨거운 난로에 넣어 녹여 버리고 말 거야!"

소년이 말했습니다.

할머니가 소년의 머리를 어루만지고는 다른 이야기를 들려주었습니다.

그날 저녁, 집으로 돌아온 카이는 옷을 벗다 말고 창가 의자에 올라가 작은 구멍으로 밖을 내다보았습니다. 밖에는 여전히 눈발이 성글게 나부끼고 있었습니다. 그중에 가장 큰 눈송이가 화분 가장자리에 내려앉았습니다. 그 눈송이는 점점 커지더니 마침내 아주 섬세하고 얇은 흰 옷을 입은 여자로 바뀌었습니다. 마치 반짝이는 수백만 개의 눈송이로 만든 옷 같았습니다. 여자는 아름답고 우아했지만 눈부시게 반짝이는 얼음으로 되어 있었습니다. 하지만 분명 살아 있었습니다. 두 눈은 별처럼 환하게 빛났지만 따스함이나 편안함은 느껴지지 않았습니다. 여자가 창문 쪽을 보고는 고개를 끄덕이며 손짓을 했습니다. 카이는 깜짝 놀라 의자에서 뛰어내렸습니다. 순간 커다란 새가 창가를 스쳐 날아가는 듯한 느낌이 들었습니다.

다음 날, 날씨가 추웠지만 얼마 후 눈이 녹아내리면서 드디어 봄이 찾아왔습니다. 태양이 환히 빛났고 초록 잎들이 땅 속에서 고개를 내밀었으며 제비들은 둥지를 틀었습니다. 두 아이는 창문을 활짝 열고 꼭대기 지붕 위에 있는 작은 정원에 다시 나와 앉았습니다.

그해 여름에는 장미가 유난히 아름답게 피었습니다. 게르다는 장미에 관한 구절이 나오는 찬송가를 배웠으며, 노래를 부를 때마다 자신의 장미를 떠올렸습니다. 게르다는 카이를 위해

노래를 불렀고 카이도 따라 불렀습니다.

들장미가 자라는 골짜기 아래

우리 아기 예수 함께하시네.

아이들은 손을 맞잡고 장미에 입을 맞추고는 투명한 햇빛을 올려다보았습니다. 그리고 아기 예수가 그곳에 있기라도 한 것처럼 이야기를 나누었습니다. 여름날은 더없이 찬란했고, 영원히 지지 않을 것 같은 향기로운 장미 덤불에 나와 있으면 천국이 따로 없었습니다.

어느 날, 카이와 게르다는 새와 동물이 나오는 그림책을 보고 있었습니다. 교회의 키 큰 종탑 시계가 다섯 번 울렸을 때 갑자기 카이가 비명을 질렀습니다.

"아야! 뭔가 심장을 찔렀어! 눈에도 뭔가 들어간 것 같아!"

게르다가 카이를 가까이 끌어당겨 눈을 들여다보았지만 아무것도 보이지 않았습니다.

"이제 없어졌나 봐."

카이가 말했습니다. 하지만 없어진 게 아니었습니다. 그것은 바로 악마의 거울 조각이었습니다. 훌륭하고 좋은 것들은 모두 하찮고 흉하게 만들어 버리고, 나쁘고 사악한 것들은 더 커 보이게 하며 아무리 작은 결점도 곧바로 드러나게 하는 그 거울 말입니다. 불쌍한 카이! 거울 조각이 심장에 내리꽂히는 순간 카이의 마음은 얼음처럼 차갑게 변해 버렸습니다. 더 이상 아프지는 않았지만 거울 조각은 여전히 박힌 채였습니다.

"왜 우는 거야?"

카이가 게르다에게 물었습니다.

"우니까 정말 못 봐주겠다! 이제 괜찮다잖아!"

그러더니 갑자기 소리를 질렀습니다.

"윽! 저 장미꽃, 벌레 먹었잖아! 봐, 이건 가지가 너무 휘었어. 정말 못 봐주겠군. 볼품없는 화분과 똑같지 뭐야!"

그러면서 카이는 화분을 발로 걷어차고는 장미 두 송이를 꺾어 버렸습니다.

"카이, 뭐하는 거야!"

게르다가 소리쳤습니다. 카이는 게르다를 무서운 눈으로 노려보더니 장미 한 송이를 더 꺾고는 게르다를 남겨 둔 채 혼자 창문으로 훌쩍 뛰어들어 가버렸습니다.

그때부터 카이는 게르다가 그림책을 꺼내 올 때마다 그런 책은 어린애들이나 보는 거라며 핀잔을 주었습니다. 그리고 할머니가 이야기를 해주실 때면, "하지만……."이라며 번번이 토를 달았습니다. 틈만 나면 안경을 코에 걸치고는 할머니 흉내를 내기도 했습니다. 카이가 어찌나 그럴 듯하게 흉내를 잘 냈던지 사람들은 웃음을 터뜨렸습니다. 얼마 지나지 않아 카이는 이웃 사람들의 걸음걸이와 말투를 흉내 낼 수 있게 되었습니다. 카이는 사람들이 지닌 이상하고 고약한 버릇들을 따라 할 줄 알았고, 사람들은 이렇게 말하곤 했습니다.

"저 아이는 머리가 정말 좋은가 봐!"

하지만 그것은 카이의 눈과 심장에 박힌 거울이 시킨 것이었습니다. 카이를 진심으로 사랑하는 게르다까지 괴롭힌 것도 다 그 때문이었습니다.

노는 것도 예전과는 아주 달랐습니다. 영 어린애답지 않았습니다. 눈보라가 몰아치는 어느 겨울날, 카이는 커다란 돋보기를 들고 밖으로 나가 푸른 외투 자락을 펼쳐 눈을 받았습니다.

"이 돋보기 좀 봐, 게르다!"

카이가 소리쳤습니다. 돋보기로 본 눈송이들은 훨씬 커 보였고, 아름다운 꽃이나 반짝이는 별 같았습니다. 정말 아름다운 모습이었습니다.

"얼마나 멋진지 알겠지? 진짜 꽃보다 훨씬 재미있고 흠 하나 없이 완벽해. 녹지만 않는다면 말이야."

잠시 후, 카이가 커다란 장갑을 끼고 썰매를 등에 메고 나오더니 게르다의 귀에 대고 소리를 질렀습니다.

"난 아이들이 놀고 있는 광장으로 썰매나 타러 가야지!"

그러고는 쌩 하니 혼자 가버렸습니다.

광장에는 용감한 남자아이들이 농부의 수레에 썰매를 묶고 미끄럼을 타고 있었습니다. 그것은 아주 신나는 놀이였습니다. 한창 재미있게 놀고 있는데 갑자기 커다란 썰매 하나가 나타났습니다. 온통 하얀색인 썰매에는 새하얀 털외투로 몸을 감싸고 솜같이 하얀 모자를 쓴 사람이 한 명 타고 있었습니다. 하얀 썰매가 광장을 두 바퀴 돌았습니다. 카이가 하얀 썰매 뒤에 재빨리 자기 썰매를 묶었습니다.

카이가 탄 썰매가 점점 속도를 내며 다음 거리까지 따라갔습니다. 하얀 썰매의 주인이 뒤를 돌아보며 마치 서로 아는 사이라도 되는 것처럼 카이에게 다정히 고개를 끄덕였습니다. 카이가 자신의 썰매를 풀려고 할 때마다 그렇게 고개를 끄덕이는 바람에 카이는 가만있을 수밖에 없었고 결국 도시를 벗어나고 말았습니다.

눈이 무섭게 쏟아지기 시작해 카이는 눈앞에 있는 손조차 볼 수 없었지만 썰매는 계속해서 달렸습니다. 큰 썰매에서 떨어져 나오려고 밧줄을 풀어 봐도 아무 소용이 없었습니다. 카이가 탄 작은 썰매는 여전히 꼭 묶인 채 바람처럼 내달렸습니다. 있는 대로 소리를 질러 봐도 아무도 듣지 않았고, 눈발은 사정없이 휘몰아치고, 썰매는 날듯이 달렸습니다. 가끔은 도랑이나 울타리를 훌쩍 뛰어넘기도 했습니다. 겁에 질린 카이는 기도를 하려고 했지만 기억나는 거라곤 구구단밖에 없었습니다.

눈송이들이 점점 커지더니 커다란 흰 닭처럼 보이기 시작했습니다. 닭들이 갑자기 길 위로 솟구치더니 큰 썰매가 멈추어 섰습니다. 썰매를 몰던 사람이 자리에서 일어났습니다. 눈으로 만든 털외투와 모자를 쓴 여자였습니다. 키가 크고 날씬하고 눈부시게 빛이 났습니다. 바로 눈의 여왕이었습니다.

여왕이 말했습니다.

"잘 도착했구나! 하지만 넌 꽁꽁 얼었겠는걸. 내 외투 속으로 들어오렴."

여왕은 썰매 옆자리에 카이를 앉히고는 털외투로 감쌌습니다. 카이는 마치 눈더미 속에 파묻히는 느낌이 들었습니다.

"아직도 춥니?"

여왕이 이렇게 물으며 카이의 이마에 입을 맞추었습니다. 아! 얼음보다 차가운 입맞춤이 이미 반은 얼어 버린 카이의 심장으로 파고들었습니다. 카이는 자신이 죽어 가고 있다고 생각했지만 그건 잠시뿐이었습니다. 곧 마음이 편안해지며 추위도 더 이상 느껴지지 않았습니다.

"내 썰매! 썰매를 잃어버리면 안 돼요!"

가장 먼저 떠오른 건 썰매였습니다. 카이의 썰매는 닭에 묶여 있었습니다. 닭이 등에 썰매를 멘 채 뒤따라오고 있었습니다. 눈의 여왕이 카이에게 다시 입을 맞추자, 카이는 눈 깜짝할 사이에 게르다와 할머니와 집에 대한 모든 기억을 잊어버렸습니다.

"이게 마지막이야. 한 번 더 입을 맞추면 넌 죽을지도 몰라."

여왕이 말했습니다. 카이가 여왕을 쳐다보았습니다. 여왕은 너무도 아름다웠습니다. 이보다 더 아름답고 지적인 얼굴은 상상조차 할 수 없었습니다. 처음 창가에 나타나 손을 흔들었던 때처럼 얼음으로 만들어졌다는 생각도 들지 않았습니다. 카이의 눈에 여왕은 완벽해 보였습니다. 더 이상 두렵지도 않았습니다. 카이는 여왕에게 분수도 암산으로 계산할 수 있고, 모든 나라의 크기와 인구를 안다며 자랑을 늘어놓았습니다. 하지만 눈의 여왕이 계속 미소만 짓자 자신이 별로 아는 게 없다는 생각이 슬며시 들었습니다. 카이가 머리 위로 펼쳐진 넓은 하늘을 올려다보았고, 여왕은 카이를 데리고 먹구름 속으로 높이 날아올랐습니다. 옛날 노래를 부르듯 폭풍이 윙윙 소리를 내며 아우성을 쳤습니다. 두 사람은 숲과 호수를 지나 바다와 육지 위를 날았습니다. 아래로는 차가운 바람이 불었고, 늑대들이 울부짖

었으며, 눈이 환하게 빛났습니다. 위로는 까마귀가 날카롭게 울며 날아갔습니다. 높이 뜬 달이 세상을 밝고 선명하게 비춰 주고 있었습니다. 카이는 기나긴 겨울밤 내내 달을 쳐다보았고, 낮에는 눈의 여왕의 발치에서 잠을 잤습니다.

세 번째 이야기
요술쟁이 할머니의 꽃밭

 카이가 사라지고 난 후 게르다는 어떻게 지냈을까요? 카이는 어디로 가버린 걸까요? 아무도 몰랐고 누구도 말해 줄 수 없었습니다. 사내아이들이 카이가 자신의 썰매를 어떤 큰 썰매에 매다는 걸 보았고, 거리를 쏜살같이 달려 도시를 빠져나갔다고 말해 주었을 뿐이었습니다. 아무도 카이의 행방을 몰랐습니다. 많은 사람들이 카이를 걱정하며 눈시울을 적셨고 게르다는 오랫동안 울고 또 울었습니다. 사람들은 카이가 도시에서 멀지 않은 강에 빠져 죽은 게 틀림없다고 생각했습니다. 그렇게 길고 우울한 겨울날이 이어졌습니다.

마침내 따스한 햇살과 함께 봄이 찾아왔습니다.

"카이는 죽은 거야."

게르다가 말했습니다.

"난 그렇게 생각하지 않아."

햇살이 말했습니다.

"카이는 죽었다니까!"

게르다가 제비들에게 말했습니다.

"우린 그렇게 생각하지 않아!"

제비들까지 그렇게 대답하자 게르다도 더 이상 카이가 죽었다고 생각하지 않게 되었습니다.

어느 날 아침, 게르다가 말했습니다.

"카이한테 한 번도 보여 주지 않은 빨간 새 구두를 신어야지. 그런 다음 강으로 가서 카이에 대해 물어보는 거야!"

다음 날 새벽 일찍, 게르다는 곤히 잠들어 계신 할머니에게 입을 맞추고는 빨간 구두를 신고 홀로 도시를 벗어나 강까지 걸어갔습니다.

"강물아, 네가 내 친구를 데려간 게 맞니? 카이를 다시 돌려준다면 내 빨간 구두를 줄게!"

이상하게도 물결이 고개를 끄덕이는 것 같았습니다. 그래서 게르다는 자신이 가장 아끼는 빨간 구두를 벗어 강물에 던졌습니다. 하지만 구두는 강기슭에 떨어졌고 잔물결에 밀려 다시 뭍으로 나왔습니다. 카이를 데려가지 않았으니 게르다가 가장 아끼는 물건을 받을 수 없다는 것 같았습니다. 하지만 게르다는 자신이 멀리 던지지 못한 탓이라고 생각하고는 갈대숲 사이에 있던 작은 배에 올라탔습니다. 그런 다음 배의 끄트머리에 서서 신발을 힘껏 내던졌습니다. 게르다가 배에 올라 몸을 움직이자 느슨하게 묶여 있던 배가 강 쪽으로 미끄러져 가기 시작했습니다. 게르다는 배가 움직이는 걸 알아차리고는 강가로 돌아가려고 했습니다. 하지만 맞은편으로 달려갔을 때는 이미 강기슭에서부터 일 미터 가까이 밀려난 상태였고, 점점 빠른 속도로 멀어지고 있었습니다.

게르다는 너무 무서워 울음을 터뜨렸지만 참새 말고는 아무도 듣는 이가 없었습니다. 하지만 참새들이 게르다를 뭍으로 데려다 줄 수는 없는 노릇이었습니다. 그래서 강둑을 따라 날며, "우리가 여기 있어요! 우리가 여기 있어요!" 하며 게르다를 위로하는 노래를 불렀습니다.

배는 강 물살에 밀려 떠내려갔고, 게르다는 신발도 없이 양말만 신은 채 꼼짝없이 앉아 있었습니다. 빨간 구두가 뒤에서 떠내려 오고 있었지만 배 속도가 너무 빨라 잡을 수가 없었습니다. 강변은 화사한 꽃과 멋진 나무들이 어우러져 무척 아름다웠고, 비탈진 언덕 위에는 소와 양들이 한가로이 풀을 뜯고 있었습니다. 하지만 사람은 한 명도 보이지 않았습니다.

'강물이 날 카이에게 데려다 줄지도 몰라.'

이렇게 생각하자 금세 기운이 되살아났습니다. 게르다는 배 위에 서서 아름다운 초록빛 강둑을 오랫동안 바라보았습니다. 잠시 후 배가 커다란 벚나무 정원으로 들어섰습니다. 이상하게 생긴 빨갛고 파란 창문에, 짚으로 지붕을 얹은 작은 집이 보였습니다. 집 밖에는 나무로 만든 병사 둘이 보초를 서며, 배를 타고 지나가는 사람들에게 총을 들고 차려 자세를 취했습니다.

병사들이 살아 있다고 생각한 게르다가 소리를 질렀지만

당연히 아무런 대꾸도 돌아오지 않았습니다. 물살이 배를 강기슭으로 밀어 준 덕분에 게르다는 병사들에게 아주 가까이 다가갈 수 있었습니다.

게르다가 더 크게 고함을 지르자 집 안에서 아주 늙은 할머니 한 분이 걸어 나왔습니다. 할머니는 꼬부랑 지팡이를 짚고 있었고, 아름다운 꽃이 그려진 챙 넓은 모자를 쓰고 있었습니다. 할머니가 큰 소리로 말했습니다.

"이런 불쌍한 것! 어쩌다 이 넓고 거친 강까지 들어왔을꼬?"

할머니가 물속으로 걸어 들어오더니 꼬부랑 지팡이로 배를 걸어 강가로 끌어당긴 다음 게르다를 내려 주었습니다. 게르다는 땅을 다시 밟게 되어 무척 기쁘긴 했지만, 이상한 할머니에 대해서는 약간 두려운 마음이 들었습니다.

"이리 와서 네가 누군지, 어쩌다 여기까지 왔는지 얘기해 주렴!"

할머니가 말했습니다.

게르다는 지금까지 있었던 일을 모두 이야기했습니다. 그

동안 할머니는 고개를 흔들며 "흠! 흠!" 소리만 낼 뿐이었습니다. 이야기를 마친 게르다가 할머니에게 카이를 보았는지 물었습니다. 할머니는 카이가 아직 지나가진 않았지만 곧 그럴 거라고 대답했습니다. 그리고 게르다에게 용기를 내라며 집에 들어와 버찌도 먹고 꽃도 구경하라고 말했습니다. 꽃들은 그림책에 나오는 것보다 훨씬 아름다울 뿐만 아니라 저마다의 이야기도 들려준다고 했습니다. 할머니는 게르다의 손을 잡고 집 안으로 들어갔고, 들어서자마자 문을 잠갔습니다.

벽 위로 높다랗게 창이 나 있었고, 빨갛고 파랗고 노란 창을 통해 들어온 햇살이 한데 어우러져 오묘한 빛을 자아냈습니다. 두려운 마음도 어느새 사라졌습니다. 탁자 위에 놓인 먹음직스런 버찌를 발견한 게르다는 배가 터지도록 버찌를 먹었습니다. 게르다가 열심히 버찌를 먹는 동안, 할머니는 황금 빗으로 머리를 빗겨 주었습니다. 게르다의 해맑은 얼굴 양편으로 금빛 고수머리가 너울거려 마치 활짝 핀 장미 같아 보였습니다.

할머니가 입을 열었습니다.

"너같이 예쁘장한 여자 아이가 있으면 좋겠다고 종종 생각했단다. 두고 보렴, 우린 정말 잘 지낼 수 있을 테니!"

할머니는 계속 게르다의 머리를 빗겼고, 빗질을 할 때마다 오누이와도 같은 카이에 대한 기억이 점점 희미해졌습니다. 사실 할머니는 요술쟁이였습니다. 하지만 사악한 마녀는 아니었습니다. 그저 재미삼아 요술을 부렸고 게르다가 곁에 있기를 바랐을 뿐입니다. 할머니가 정원으로 내려가 지팡이로 장미 덩굴을 가리키자 활짝 핀 장미들이 어두운 땅속으로 흔적도 없이 묻혔습니다. 할머니는 게르다가 장미를 보면 집 생각이 나고, 카이에 대한 기억이 떠올라 도망가 버리지 않을까 불안했던 것입니다.

할머니가 게르다에게 꽃밭을 보여 주었습니다. 정말 너무도 아름답고 향기로웠습니다! 사계절의 꽃들이 가득 만발해 있었습니다. 이토록 화려하고 아름다운 꽃은 어떤 그림책에서도 본 적이 없었습니다. 게르다는 기쁨에 겨워 꽃밭을 이리저리 뛰어다니며 키 큰 벚나무 뒤로 태양이 넘어갈 때까지 즐겁게 놀았습니다. 그리고 밤에는 파란 제비꽃으로 속을 채운 빨간 비단이불을 덮고 예쁜 침대에 누워 잠이 들었고, 결혼을 해서 여왕이 되는 멋진 꿈을 꾸었습니다.

　게르다는 다음 날도, 아니 그 후로도 많은 날들을 꽃밭에서 따스한 햇살을 받으며 놀았습니다. 이제 꽃 이름을 전부 알 정도가 되었지만 아무래도 하나가 빠진 듯한 느낌이 들었습니다. 하지만 그게 뭔지 도저히 알 길이 없었습니다. 그러던 어느 날, 게르다는 여러 가지 꽃이 그려진 할머니의 모자를 보며 앉아 있었습니다. 그중에 가장 아름다운 꽃은 바로 장미였습니다. 할머니는 장미를 전부 땅속으로 사라지게 했지만 모자 위에 있는 장미는 잊어버린 것입니다. 누구든 정신을 똑바로 차리지 않으면 이런 실수를 저지르게 되는 법입니다.

게르다가 물었습니다.

"이 꽃밭에는 왜 장미가 하나도 없죠?"

그러고는 꽃밭으로 달려가 이리저리 찾아다녔지만 장미는 한 송이도 보이지 않았습니다. 이윽고 게르다가 자리에 주저앉더니 울음을 터뜨렸습니다. 뜨거운 눈물이 장미 덩굴이 묻힌 바로 그 자리에 떨어졌습니다. 게르다의 따스한 눈물이 땅으로 스며들자 장미나무가 느닷없이 땅에서 쑥 올라왔습니다. 사라졌던 그날처럼 활짝 꽃을 피운 채였습니다. 게르다가 장미를 끌어안고 꽃에 입을 맞추자 고향집에 있는 아름다운 장미에 대한 기억이 되살아났습니다. 그와 함께 카이가 떠올랐습니다. 게르다가 소리를 질렀습니다.

"어쩜 좋아. 내가 여기 너무 오래 있었나 봐! 카이를 찾으러 가야 했는데."

게르다가 장미에게 물었습니다.

"혹시 그 애가 어디 있는지 아니? 카이는 정말 죽은 걸까?"

"아뇨, 카이는 죽지 않았어요. 그동안 죽은 사람들과 함께 땅속에 있었지만 카이는 보이지 않았어요."

장미들이 대답했습니다.

"정말 고마워!"

게르다가 말했습니다. 그러고는 다른 꽃들에게 가서 꽃 속을 들여다보며 물었습니다.

"너희들 카이가 어디 있는지 아니?"

하지만 꽃들은 햇살 속에 선 채 저마다 동화 같은 이야기만 지어냈습니다. 게르다는 꽃들의 말 하나하나에 귀를 기울였지만 카이가 어디 있는지 아는 꽃은 하나도 없었습니다.

참나리는 어떻게 대답했을까요?

"북 소리가 들리나요? 둥! 둥! 항상 이렇게 두 번 울리죠. 둥! 둥! 여자들이 부르는 슬픈 노래를 들어 봐요! 신부가 외치는 소리를 들어 보라고요! 힌두교도 여자가 긴 빨간 옷을 입고 화형대 위에 서 있어요. 여자와 죽은 남편 주위로 불꽃이 타올라요. 하지만 여자는 주위에 둘러선 사람들 중 한 남자만을 생각하고 있죠. 두 눈이 불꽃보다 더 뜨겁게 타오르고, 여자를 한 줌 재로 만들 저 불길보다 더 강렬하게 마음을 녹이는 눈빛을 지닌 남자를 말이에요. 마음의 불길이 장작더미 불꽃 속에서 사그라질 수 있을까요?"

"무슨 말인지 하나도 모르겠어!"

게르다가 말했습니다.

"이게 내 얘기인걸요."

참나리가 대꾸했습니다.

나팔꽃은 뭐라고 말했을까요?

"좁은 산길 위에 오래된 성이 우뚝 솟아 있어요. 붉은 벽을 타고 담쟁이덩굴이 잎을 포개며 무성하게 자라나 아름다운 아가씨가 기다리는 발코니까지 뻗어 있지요. 아가씨는 난간에 기댄 채 길 아래쪽을 내다봐요. 장미꽃도 아가씨만큼 싱그럽진 않아요. 바람에 날리는 사과 꽃도 아가씨만큼 가볍지는 않지요. 아름다운 비단 옷자락이 사각대는 소리를 들어 봐요. 아가씨는 말하죠. '그는 이제 오지 않는 걸까?'"

"카이를 말하는 거니?"

게르다가 물었습니다.

"난 내 꿈 얘기를 한 것뿐이에요."

나팔꽃이 대답했습니다.

데이지 꽃은 또 무슨 얘기를 했을까요?

"두 나무 사이에 밧줄이 걸려 있고 판자가 하나 놓여 있어요. 그네예요. 눈처럼 하얀 옷을 입은 예쁜 여자애 둘이 모자에 달린 긴 초록 비단리본을 바람에 날리며 그네를 타고 있어요. 한 손엔 그릇을, 다른 한 손엔 도자기 대롱을 든 오빠가 그네 위에서 균형을 잡으려고 팔로 밧줄을 감고 서 있네요. 오빠는 비눗방울을 불고 있어요. 그네가 왔다 갔다 할 때마다 비눗방울이 갖가지 색깔로 바뀌며 멀리 날아가죠. 마지막 방울이 대롱에 매달려 있다가 그네가 움직이기 시작하자 하늘거려요. 비눗방울처럼 가벼운 까만 강아지가 뒷다리로 서서 그네에 오르려 해보지만 그네가 달아나네요. 중심을 잃고 넘어진 강아지가 화가 난 듯 짖기 시작해요. 아이들이 깔깔거리고 비눗방울이 터지네요. 그 비눗방울 속에 그네가 아른거려요. 이게 내 노래랍니다."

"네 얘긴 아름답긴 하지만 너무 슬퍼. 게다가 카이에 대한 얘기는 하나도 없는걸. 히아신스는 어떻게 생각하니?"

"옛날에 아름다운 세 자매가 살았어요. 다들 살결이 희고 고왔지요. 첫째는 빨간 옷을 입었고, 동생들은 푸른색과 하얀색

옷을 입었어요. 달빛이 환히 비추는 밤, 세 자매는 거울같이 잔잔한 호숫가에서 손에 손을 잡고 춤을 추었답니다. 자매들은 요정이 아니라 사람이었어요. 그런데 어디선가 달콤한 향기가 풍겨 왔어요. 세 자매는 그 향기에 이끌려 숲으로 사라졌어요. 그러자 향기는 점점 더 강해졌지요. 얼마 후 세 개의 관이 숲에서 나오더니 호수로 미끄러져 들어갔어요. 안에는 세 자매가 누워 있었지요. 반딧불이가 깜박이는 작은 불빛처럼 주변을 맴돌았어요. 춤추는 소녀들은 잠이 든 걸까요, 죽은 걸까요? 꽃향기가 자매들이 죽었다고 말해 주네요. 죽은 자를 위한 저녁 종이 울리고 있어요."

"정말 슬픈 얘기야. 네 향기가 그토록 짙으니 죽은 소녀들 생각이 절로 나는구나. 아, 카이는 정말 죽었을까? 땅속에 있던 장미들은 아니라고 말했는데!"

게르다가 말했습니다.

"딸랑딸랑!"

히아신스에 매달린 종이 울렸습니다.

"카이를 위해 울리는 게 아니에요. 카이가 누군지도 모르는

걸요. 우린 그저 우리들의 노래를 부를 뿐이에요. 우리가 아는 건 그게 다랍니다."

게르다는 반짝이는 초록 잎 사이에서 환하게 빛나는 미나리아재비에게로 갔습니다.

"넌 작은 태양 같구나. 어디 가면 내 친구를 찾을 수 있는지 말해 주겠니?"

미나리아재비가 아름답게 빛을 내며 게르다를 쳐다보았습니다. 미나리아재비는 어떤 노래를 불렀을까요? 그 역시 카이에 대한 노래는 아니었습니다.

"봄이 시작된 첫날, 따스한 태양이 작은 뜰을 비추고 있었어요. 햇살은 이웃집 하얀 담벼락을 타고 내려앉았어요. 봄을 알리는 노란 꽃들이 따스한 햇살 속에서 황금처럼 반짝였죠. 할머니가 집 밖에 놓인 의자에 앉아 있는데 남의 집 하녀로 일하는, 가난하지만 아름다운 손녀가 잠시 집에 들렀어요. 손녀는 할머니에게 입을 맞췄어요. 그러자 모든 것이 황금으로 환하게 빛났어요. 축복을 담은 입맞춤 속에는 황금과도 같은 마음이 담겨 있었어요. 입술 위에도, 땅 위에도, 태양이 뜨는 아침하늘에도 황금이 가득했지요. 이게 내 얘기랍니다."

미나리아재비가 말했습니다.

"아, 불쌍한 할머니!"

게르다가 한숨을 쉬었습니다.

"할머니가 날 보고 싶어하실 텐데, 카이 일로 걱정하셨듯이 나 때문에 가슴 아파하실 게 분명해. 하지만 난 카이를 찾아서 함께 집으로 돌아갈 거야. 꽃들에게 물어봐도 아무 소용없겠어. 모두들 제 이야기만 늘어놓을 뿐, 어떤 대답도 해주지 않잖아."

게르다는 치맛자락을 모아 쥐고 서둘러 달렸습니다. 하지만 수선화를 뛰어넘으려는 순간 수선화가 게르다의 다리를 찰싹 쳤습니다. 게르다가 멈춰 서서는 키 큰 노란 꽃을 보며 물었습니다.

"넌 뭔가 좀 알고 있니?"

게르다가 수선화의 얘기를 들으려고 허리를 굽혔습니다. 수선화는 어떤 대답을 했을까요?

"난 날 볼 수 있어요! 내가 보인다고요! 향기는 또 얼마나 좋은지! 작은 다락방에 춤추는 어린 소녀가 몸이 반쯤 드러난 옷을 입고 서 있어요. 한 발로 섰다가, 두 발로 섰다가 마침내 세상을 박차듯 뛰어오르죠. 하지만 소녀는 환상일 뿐이에요. 소녀는 주전자를 들고 손에 든 옷에다 물을 부어요. 그건 소녀의 코르셋이죠. 깨끗한 건 좋은 거니까요! 하얀 드레스가 옷걸이에 걸려 있어요. 이 옷도 주전자 물을 부어 씻은 다음 지붕에서 말린 거죠. 소녀는 드레스를 입고 목에 샛노란 스카프를 둘러요. 드레스가 더욱 하얗게 빛나네요. 다리를 높이 쳐든 모습을 봐요! 줄기 위에서 얼마나 중심을 잘 잡는지 보라고요! 난 내가 보여요! 날 볼 수 있다고요!"

"그런 얘기라면 그만둬! 나한테 소용없는 얘기라고!"

게르다가 소리를 지르며 정원 끝으로 달려갔습니다. 문은 잠겨 있지만 녹슨 빗장을 흔들어 대자 이내 활짝 열렸습니다. 게르다는 맨발로 넓은 세상을 향해 뛰쳐나갔습니다. 세 번이나 뒤를 돌아보았지만 따라오는 사람은 아무도 없었습니다. 마침내 기력이 떨어지자 게르다는 큰 바위 위에 앉아 숨을 돌렸습니다. 주위를 둘러보니 여름이 끝나고 벌써 늦가을이 한창이었습니다. 항상 태양이 비추고 사계절 꽃이 만발한 아름다운 꽃밭에서 지내다 보니 계절이 가는 것도 전혀 몰랐던 것입니다.

"세상에! 시간이 너무 지났잖아! 벌써 가을이라니. 이렇게 머뭇거릴 틈이 없어!"

게르다는 일어나 다시 길을 나섰습니다. 하지만 상처 난 발이 심하게 쓰려 왔고 주변에 보이는 것들은 온통 차갑고 황량하기만 했습니다. 길쭉한 버드나무 이파리들이 노랗게 물들었고, 한 잎 한 잎 떨어진 나뭇잎 위로 물방울이 굴러 떨어졌습니다. 산사나무만이 여전히 열매를 달고 있었지만 너무 시어서 입술이 절로 오므라질 정도였습니다. 세상 모든 것이 그렇게 어둡고 적막해 보일 수가 없었습니다.

네 번째 이야기
왕자와 공주

    게르다는 다시 쉬기 위해 멈춰야 했습니다. 그때 커다란 까마귀 한 마리가 눈 위를 폴짝폴짝 뛰어 게르다가 앉은 근처까지 왔습니다. 까마귀는 한참 동안 그 자리에 선 채 머리를 까딱거리며 게르다를 쳐다보았습니다. 마침내 까마귀가 입을 열었습니다.

    "까악! 까악! 날이 좋아!"

    까마귀는 최대한 상냥하게 인사를 했습니다. 게르다에게 다정하게 대해 주고 싶었기 때문입니다. 까마귀가 게르다에게 이 넓은 세상에서 혼자 무얼 하고 있는지 물었습니다. '혼자' 임을 뼈저리게 느끼고 있던 게르다는 그 단어의 의미를 누구보다 잘 이해했습니다. 게르다는 까마귀에게 모든 얘기를 들려준 다음 카이를 본 적이 있느냐고 물었습니다. 까마귀가 생각에 잠긴 얼굴로 고개를 끄덕이며 대답했습니다.

"아마 봤을 거야. 그럴 거야!"

"뭐! 정말 카이를 봤단 말이야?"

게르다가 소리를 지르며 숨 막힐 정도로 까마귀에게 입을 맞추었습니다.

"진정해! 진정해!"

까마귀가 외쳤습니다.

"내 말은 카이일 가능성이 있다는 말이야. 하지만 이제 그 애는 공주 때문에 널 잊었을지도 모르겠어."

"카이가 공주랑 함께 산다고?"

게르다가 물었습니다.

"그래, 하지만 잘 들어. 인간의 말로 설명하긴 힘들어. 네가 까마귀 말을 할 줄 안다면 얘기하기가 훨씬 쉬울 텐데!"

"난 까마귀 말은 배워 본 적이 없는걸. 하지만 우리 할머니는 아실 거야. 비둘기 말도 아시거든. 나도 배워 둘 걸 그랬나 봐."

게르다가 대답했습니다.

"괜찮아! 내가 나름대로 열심히 얘기해 보지, 뭐. 잘할 자신은 없지만 말이야."

그렇게 말하고 난 뒤 까마귀는 자기가 아는 얘기를 게르다에게 들려주기 시작했습니다.

"우리가 사는 왕국은 공주님이 다스리고 있어. 그분은 얼마나 똑똑하신지 세상 모든 신문을 다 읽고 또 모조리 잊어버리실 정도야. 얼마 전에 공주님은 여왕이 되었어. 사람들 말로는 그 자리가 생각만큼 좋지는 않다고 하더군. 그러던 어느 날, 공주님은 옛 가락에 맞춰 이런 노래를 부르기 시작했어. '왜, 왜 나는 결혼하면 안 되는 걸까?' 그러다 공주님은 '안 될 게 뭐 있어.' 하고 중얼거리고는, 말을 재치 있게 잘하는 남자와 결혼하기로 마음을 먹었어. 공주님은 점잖만 빼는 사람에게 전혀 관심이 없었어. 너무 따분하다고 생각했거든. 공주님이 시녀들을 불러 그런 생각을 털어놓자 시녀들이 무척 기뻐하며 말했어. '어머, 정말 좋은 생각이에요! 저희도 바로 며칠 전에 그런 생각을 했답니다!' 하고 말이야."

까마귀가 말했습니다.

"정말이야. 내가 하는 말은 다 사실이라고. 성에서 사는 내 애인이 하나도 빠짐없이 해준 얘기야."

끼리끼리 어울린다는 말처럼, 여기서 애인이란 물론 까마귀를 이르는 말이었습니다.

다음 날, 하트 모양과 공주의 이름 첫 글자가 가장자리에 가득 찍힌 신문이 나왔습니다. 신문에는 매력적인 젊은 남자라면 누구나 성에 들어와 공주와 이야기를 나눌 수 있다는 내용이 실려 있었습니다. 공주는 성을 제집처럼 편안하게 여기고 말을 유창하게 잘하는 남자와 결혼할 생각이었습니다.

"맞아, 정말이야."

까마귀가 말했습니다.

"내 말을 믿어. 지금 내가 여기 있는 것만큼이나 분명한 사실이니까. 젊은 남자들이 성으로 구름같이 몰려들어서는 서로 밀쳐 대고 난리도 아니었지. 하지만 첫째 날도 둘째 날도 아무도 선택되지 않았어. 밖에서는 술술 이야기를 잘하던 사람들이, 일단 성문으로 들어가 은빛 제복을 입은 호위병들과 금빛 옷을 입은 신하들을 보거나 불이 환하게 켜진 방에 들어서기만 하면 갑자기 꿀 먹은 벙어리가 되는 거였어. 그리고 왕좌에 앉은 공주님 앞에 서면 무슨 말을 해야 할지 갈피를 잡지 못한 채 그저 공주님의 말꼬리만 따라 할 뿐이었지. 누가 자기가 한 말을 또 듣고 싶겠어. 하지만 사람들은 방에만 들어서면 뭐에라도 취한 듯 멍해 있다가 밖을 나가자마자 말문이 터지는 거야. 사람들의 행렬이 도시 어귀에서 성까지 줄을 이었지. 나도 직접 봤다고!"

까마귀가 말했습니다.

"다들 배가 고프고 목이 말랐지만 성에서는 미지근한 물 한 잔 갖다 주지 않았어. 좀 똑똑한 남자들이 빵과 치즈를 싸 오긴 했지만 다른 사람과 나눠 먹으려 들지는 않았지. '공주는 굶주려 보이는 사람을 선택하진 않을 거야!' 라고 생각했으니까."

"그러면 카이는? 카이는 언제 거기 간 거야? 그 사람들 속에 카이가 있었어?"

게르다가 끼어들었습니다.

"기다려! 기다리라고! 이제 막 그 얘기를 하려던 참이었어! 셋째 날, 말도 마차도 타지 않은 사내아이 하나가 성으로 용감히 들어섰어. 너처럼 반짝거리는 눈에, 긴 머리칼이 무척 아름다웠지. 옷은 말도 못하게 허름했지만 말이야."

"카이가 틀림없어! 드디어 찾았구나!"

게르다가 손뼉을 치며 기뻐했습니다.

"그 아이는 등에 작은 배낭을 메고 있었어."

까마귀가 게르다에게 말했습니다.

"아냐, 썰매였을 거야. 카이는 썰매를 타고 사라졌거든."

게르다가 말했습니다.

"그럴지도 몰라. 가까이서 보지는 못했으니까. 하지만 내 애인 말로는, 성문을 지나 은색 제복을 입은 호위병들을 만나고, 계단을 올라 황금빛 옷을 입은 신하들을 보고도 조금도 기가 죽지 않더래. 오히려 고개를 까닥이며, '하루 종일 계단 위에서 있자니 얼마나 지긋지긋하겠어요. 난 안으로 들어가야겠네요.'라고 말했다지. 방 안은 불빛이 환하게 빛나고 있었어. 장관들과 대신들이 황금쟁반을 든 채 맨발로 돌아다니고 있고 말이야. 누구라도 기가 죽을 만했지. 그런데 그 아인 부츠에서 요란한 소리가 나는데도 아랑곳하지 않았대."

"카이가 분명해. 새 부츠를 신고 있었거든. 할머니 거실에서도 삐익 소리가 났어."

게르다가 말했습니다.

"그래. 소리가 정말 시끄러웠대. 하지만 그 애는 용감하게 물레바퀴만큼 커다란 진주 위에 앉은 공주에게 곧장 걸어갔지. 궁중의 귀부인들은 시녀들과 함께, 기사들은 하인과 함께, 시녀들은 자기가 부리는 하녀들과 함께 서 있었고, 기사의 하인들은 자기가 부리는 하인과 함께 모두 나와 차려 자세로 서 있었어. 문 쪽에 가까이 있는 사람일수록 목에 힘을 주고 있는 듯했대. 하인들의 하인들을 모시는 시동들은 슬리퍼밖에 신지 못하는 신세면서도 카이가 거의 보이지도 않는 문간에 서서는 잔뜩 거드름을 피우고 있었다지 뭐야."

"정말 끔찍했겠다. 그래도 카이는 공주님의 마음을 사로잡았잖아!"

게르다가 말했습니다.

"내가 까마귀만 아니었다면 아무리 약혼한 몸이라고 해도 공주님과 결혼했을 텐데. 그 애는 내가 까마귀 말을 유창하게 하는 것만큼이나 말을 잘했다고 하더라고. 아주 당당하고 멋졌다고 내 약혼녀가 말했어. 공주님과 결혼하고 싶어서가 아니라 공주님의 지혜로운 말을 듣고 싶어서 왔다고 했어. 그 애는 공주님의 얘기가 마음에 들었고 공주님도 그 애를 좋아하게 되었지."

"그렇다면 카이가 확실해. 카이는 머리가 좋아서 암산을 잘했거든. 분수 셈까지도 말이야! 아, 제발 날 성에 데려다 줘!"

게르다가 말했습니다.

"말이야 쉽지. 어떻게 하면 좋지? 일단 내 애인한테 말해 볼게. 무슨 도움을 줄지도 몰라. 하지만 너 같은 여자애는 성에 못 들어간다는 사실은 알아 두렴."

까마귀가 말했습니다.

"아니, 난 들어갈 수 있어! 내가 여기 있는 걸 알면 카이가 당장 데리러 나올 테니까!"

게르다가 대답했습니다.

"저기 울타리 옆에서 기다리고 있어!"

까마귀가 머리를 흔들며 멀리 날아갔습니다. 그리고 어두워지고 나서야 돌아왔습니다.

"까악! 까악! 내 애인이 인사 전해 달래. 그리고 너 먹으라고 빵도 줬어. 부엌에 가면 뭐든 있는데, 거기서 찾아냈대. 배 많이 고팠지! 그런데 성 안으로 들어가기는 힘들 것 같아. 게다가 이렇게 맨발이니 말이야. 은빛 제복을 입은 호위병과 황금빛 옷을 입은 신하들이 지키고 있어서 절대 안 된대. 하지만 울지 마. 몰래 들어가면 되니까. 애인이 침실로 통하는 좁은 뒷문 계단을 알고 있거든. 사람들이 어디다 열쇠를 두는지도 알고 말이야."

까마귀와 게르다는 정원으로 들어간 다음, 잎이 하나둘 떨어지는 가로수 길을 내려갔습니다. 성의 불빛이 하나둘 꺼지자, 까마귀가 게르다를 뒷문 쪽으로 데려갔습니다. 문이 빼끔히 열려 있었습니다.

게르다의 심장이 두려움과 기대로 두방망이질 치고 있었습니다. 마치 무슨 나쁜 짓이라도 저지르는 기분이었습니다. 하지만 게르다는 카이가 그곳에 있는지만 알고 싶을 뿐이었습니다.

카이가 있는 게 틀림없다고 생각하며, 게르다는 카이의 맑은 눈과 긴 머리칼을 떠올렸습니다. 장미꽃 아래 앉아 있을 때 카이의 얼굴에 번지곤 하던 미소가 생생히 되살아났습니다. 게르다는 카이가 자기를 보면 반가워하리라 생각했습니다. 카이를 찾으려고 자기가 얼마나 먼 길을 여행했는지, 카이가 돌아오지 않아 다들 얼마나 슬퍼했는지를 들으면 기뻐할 게 분명했습니다. 그래서 두려운 한편 마음이 들뜨기도 했습니다.

이제 둘은 계단까지 왔습니다. 작은 램프가 장식장 위에서 타오르고 있었습니다. 까마귀의 애인이 방 한가운데서 고개를 갸우뚱거리며 게르다를 쳐다보고 있었습니다. 게르다는 할머니에게서 배운 대로 무릎을 살짝 굽혀 인사를 했습니다.

"내 약혼자가 칭찬이 자자하더군요, 꼬마 아가씨. 사정을 듣고 얼마나 감동했는지 몰라요. 자, 램프를 들고 날 따라와요. 이 길로 곧장 가면 아무하고도 마주치지 않을 거예요."

까마귀의 애인이 말했습니다.

"바로 계단 뒤에 누가 있는 것 같아요!"

게르다가 말했습니다. 시커먼 그림자 같은 것이 벽을 타고 후다닥 지나갔습니다. 미끈한 갈기에 다리가 늘씬한 말들과 사냥꾼, 말을 탄 귀족과 귀부인들이었습니다.

"저건 그냥 꿈일 뿐이에요! 왕족들의 생각이 빠져나와 사냥을 나가는 거지요. 덕분에 잠든 모습을 더 자세히 볼 수 있으니 잘된 일이지요. 혹시 아가씨가 높은 자리에 오르더라도 우리 은혜를 잊지 않겠죠!"

까마귀의 애인이 말했습니다.

"그야 물어보나 마나지!"

까마귀가 대꾸했습니다.

이윽고 첫 번째 방으로 들어갔습니다. 벽은 꽃무늬가 있는 장밋빛 공단으로 덮여 있었습니다. 꿈이 다시 지나갔지만 너무 순식간이라, 게르다는 귀족도 귀부인도 보지 못했습니다. 방들은 갈수록 화려해져 입을 다물지 못할 정도였습니다. 마침내 침실에 도착했습니다. 침실 천장이 고급스런 유리 나뭇잎이 달린 커다란 야자나무처럼 보였습니다. 방 한가운데에는 백합꽃을 닮은 침대 두 개가 굵직한 황금 기둥에 매달려 있었습니다. 하얀 침대 위에 공주가 잠들어 있었습니다. 게르다는 나머지 빨간 침대 속에 카이가 있기를 간절히 빌었습니다. 게르다가 빨간 잎사귀 하나를 젖히자 햇볕에 그을린 목덜미가 나타났습니다.

"아, 카이다!"

게르다가 큰 소리로 이름을 부르며 얼굴 가까이 램프를 가져갔습니다. 꿈들이 다시 말을 타고 방 안으로 뛰어 들어왔습니다. 잠을 깬 주인공이 고개를 돌렸습니다. 하지만 카이가 아니었습니다. 목덜미만 카이와 닮았을 뿐, 카이가 아니었습니다. 젊고 잘생긴 왕자였던 것입니다. 하얀 백합 침대에서 공주가 얼굴을 내밀고는 무슨 일인지 물었습니다. 게르다는 울면서 지난 일과 함께 까마귀들이 자신을 도와준 이야기를 모두 털어놓았습니다.

"가엾기도 하지!"

왕자와 공주가 말했습니다. 두 사람은 까마귀들을 칭찬하며, 이번 일로 화를 내진 않겠지만 앞으로는 그런 짓을 해서는 안 된다고 일렀습니다. 그리고 상을 내리겠다고 했습니다.

"자유를 얻고 싶으냐? 아니면 성의 까마귀가 되어 평생 부엌 바닥에 떨어진 음식을 먹으며 살고 싶으냐?"

공주가 물었습니다. 그러자 두 까마귀는 공손히 절을 하며 성에 머물고 싶다고 청했습니다. '노후'를 잘 보내려면 안정된 생활이 중요하다고 여겼던 것입니다.

왕자가 일어나더니 게르다에게 자기 침대를 내주었습니다. 그것은 왕자가 게르다에게 해줄 수 있는 최고의 배려였습니다. 게르다는 작은 손을 모으고 생각했습니다.

'사람들도, 동물들도 모두 어쩜 이렇게 친절할까!'

게르다는 눈을 감고 평화로운 잠에 빠져들었습니다. 온갖 꿈들이 다시 날아들었고, 모두 천사처럼 보였습니다. 천사들은 카이가 탄 작은 썰매를 끌고 있었습니다. 카이가 게르다를 향해 고개를 끄덕였습니다. 하지만 그것은 꿈이었고, 게르다가 잠에서 깨어나는 순간 카이는 사라져 버렸습니다.

다음 날, 게르다는 머리부터 발끝까지 비단과 벨벳으로 치장을 했습니다. 왕자와 공주는 게르다에게 성에 머물면서 편하게 지내라고 했지만 게르다는 작은 마차와 말과 부츠 한 켤레만을 부탁했습니다. 넓은 세상으로 다시 나가 카이를 찾기 위해서였습니다.

게르다는 부츠와 함께 털토시도 받았습니다. 멋있게 옷을 차려입은 게르다가 떠날 채비를 마치자, 황금 마차가 문 앞에 와서 멈췄습니다. 왕자와 공주의 문장이 별처럼 반짝거렸습니다. 마부와 하인, 시종들까지 금으로 만든 관을 쓰고 있었습니다. 왕자와 공주는 게르다가 마차에 오르는 걸 도우며 행운을 빌어 주었습니다. 이제 막 결혼한 까마귀가 오 킬로미터를 동행했습니다. 까마귀는 게르다와 나란히 앉았습니다. 뒤를 보고 앉으면 멀미가 났기 때문입니다. 까마귀 부인이 성 문에 서서 날개를 퍼덕거렸습니다. 성의 까마귀가 되고 난 후, 음식을 너무 많이 먹은 탓에 머리가 아파서 마차에 오를 수가 없었던 것입니다. 마차에는 달콤한 과자가 가득 실려 있었고, 의자에 놓인 접시 위에도 과일과 생강 빵이 그득했습니다.

"안녕! 잘 가!"

왕자와 공주가 외쳤습니다. 게르다가 훌쩍거렸고, 까마귀도 눈물을 흘렸습니다. 오 킬로미터를 지나자 까마귀도 작별인사를 해야 했습니다. 정말 가슴 아픈 이별이었습니다. 까마귀는 나무 위로 날아올라 눈부신 햇살처럼 반짝이는 마차가 보이지 않을 때까지 검은 날개를 계속 펄럭거렸습니다.

다섯 번째 이야기
산적의 딸

마차는 횃불처럼 환한 빛을 내며 어두운 숲 속을 달렸습니다. 그 빛이 어찌나 밝았던지 산적들의 눈에 금세 띄고 말았습니다.

"금이다, 금이야!"

산적들이 소리를 지르며 쏜살같이 앞으로 내달려 말을 붙잡았습니다. 그러고는 마부와 하인, 시종들까지 모조리 죽인 다음, 게르다를 마차에서 끌어내렸습니다.

"호두를 먹고 살이 쪘나, 아주 오동통하고 연해 보이는걸."

길고 뻣뻣한 수염에 긴 눈썹이 눈까지 내려 덮은 산적의 아내가 외쳤습니다.

"살찐 새끼 양처럼 맛이 좋을 거야! 얼마나 맛있을까!"

산적의 아내가 무섭게 번득이는 칼을 끄집어냈습니다.

"악!"

그 순간 산적의 아내가 비명을 질렀습니다. 등에 업혀 있던 딸이 엄마의 귀를 물었던 것입니다. 딸은 장난기가 가득한데다 버릇이 없어 보였습니다.

"이런 못된 것!"

산적의 아내가 딸을 나무라는 통에 게르다는 겨우 목숨을 건졌습니다.

딸이 말했습니다.

"난 얘랑 놀고 싶어! 저 애가 끼고 있는 토시와 아름다운 드레스를 가질 거야. 그리고 내 침대에서 같이 잘 거라고!"

그러면서 딸이 다시 호되게 귀를 무는 바람에 산적의 아내는 펄쩍 뛰어오르며 빙글빙글 맴을 돌았습니다.

"딸과 춤추는 꼴 좀 보게."

산적들이 웃음을 터뜨리며 말했습니다.

"마차에 탈 거야."

딸이 마차에 올라탔습니다. 워낙 고집이 센데다 천방지축이라 늘 자기 마음대로였습니다. 산적의 딸과 게르다는 마차에 올랐고, 나무 그루터기와 가시덤불을 넘어 깊은 숲 속으로 달려갔습니다. 산적의 딸은 게르다와 키는 비슷했지만 힘은 더 셌습니다. 떡 벌어진 어깨에, 피부는 가무잡잡했으며, 새까만 눈동자에는 왠지 모를 슬픔이 어려 있었습니다. 딸이 게르다에게 팔을 두르며 말했습니다.

"우리가 친하게만 지낸다면 누구도 널 해치지 못하게 할 거야. 넌 공주가 맞지?"

"아니."

게르다가 대답하며, 지금까지 겪은 일과 자신이 카이를 얼마나 좋아하는지에 대해 말해 주었습니다.

산적의 딸은 게르다를 진지한 눈빛으로 바라보더니 고개를 끄덕이며 말했습니다.

"너한테 화가 나더라도 아무도 널 해치지 못하게 할 거야. 죽이려면 차라리 내 손으로 죽이고 말지."

산적의 딸은 게르다의 눈물을 닦아 주고는 보드랍고 따뜻한 예쁜 토시 안에 두 손을 집어넣었습니다.

마차가 산적들이 사는 성 마당에 멈춰 섰습니다. 성벽 꼭대기부터 바닥까지 길게 금이 가 있었습니다. 까마귀들이 벽에 난 구멍을 통해 들락날락거렸고, 사람도 한입에 삼켜 버릴 정도로 덩치 큰 불도그들이 펄쩍펄쩍 뛰어올랐습니다. 하지만 짖지 못하게 길들였는지 소리를 내지는 않았습니다.

그을음 자국이 있는 우묵한 방에 들어서니 돌바닥 가운데서 모닥불이 활활 타오르고 있었습니다. 연기가 천장까지 차올라 빠져나갈 구멍을 찾아다녔습니다. 커다란 솥에서는 수프가 끓었고, 토끼 몇 마리가 꼬챙이에 꽂혀 구워지고 있었습니다.

"오늘밤에 넌 여기서 나랑 내가 키우는 동물들과 함께 잘 거야."

산적의 딸이 말했습니다.

두 사람은 음식을 맛있게 먹은 다음 짚과 담요가 깔린 구석으로 갔습니다. 머리 위로 백 마리쯤 되는 비둘기들이 횃대와 서까래에 앉아 있었습니다. 모두 잠이 들었나 싶었는데, 둘이

다가가자 몸을 살짝 뒤척였습니다.

"저 비둘기들, 다 내 것이야!"

산적의 딸이 가장 가까이에 있는 놈을 하나 움켜잡고는 다리를 쥐고 흔드는 바람에 비둘기가 날개를 퍼덕거렸습니다.

"입 맞춰!"

산적의 딸이 게르다의 얼굴 앞에 비둘기를 갖다 대자 비둘기가 마구 날개를 쳐댔습니다.

"저기서 비둘기를 키우고 있어."

산적의 딸이 벽에 뚫린 구멍에 박혀 있는 막대를 가리키며 말했습니다.

"산비둘기도 두 마리 있어. 하지만 잘 가둬 두지 않으면 순식간에 날아가 버려. 그리고 이쪽은 내가 사랑하는 순록이야."

산적의 딸은 번쩍이는 구리 목걸이를 차고 있는 순록의 뿔을 끌어당겼습니다.

"이 녀석도 잘 지켜봐야 해. 안 그러면 도망가 버리니까. 난 밤마다 칼로 이 놈 목을 간질이곤 하지. 얼마나 무서워하는지 몰라!"

산적의 딸이 벽 틈에서 기다란 칼을 끄집어내더니 순록의 목을 쓱쓱 긁었습니다. 불쌍한 순록이 발길질을 했지만 산적의 딸은 깔깔거리며 웃기만 하다 게르다를 침대로 끌고 갔습니다.

"잘 때도 칼을 옆에 둘 거니?"

게르다가 불안한 눈으로 칼을 보며 물었습니다.

"난 항상 칼을 쥐고 자! 무슨 일이 일어날지 모르잖아. 그건 그렇고, 카이 얘기와 네가 넓은 세상으로 모험을 떠난 이유나 다시 한 번 말해 봐."

게르다는 처음부터 다시 이야기를 했습니다. 집비둘기들은 모두 잠이 들었고, 산비둘기들만 머리 위 새장 안에서 "구구" 하고 울어 댔습니다. 산적의 딸이 한 팔로 게르다의 목을 껴안고, 다른 손에는 칼을 쥔 채 큰 소리로 코를 골며 곯아떨어졌습니다. 하지만 게르다는 죽을지 살지도 모르는 상황에서 도저히 눈을 감을 수가 없었습니다. 산적들이 불가에 둘러앉아 노래를 부르며 술을 마셨고 산적의 아내는 공중제비를 넘었습니다. 어린 여자애가 보기엔 너무도 끔찍한 광경이었습니다.

그때 갑자기 산비둘기가 입을 열었습니다.

"구구! 구구! 우리가 카이를 봤어요. 흰 닭이 카이의 썰매를 끌고 가고, 카이는 눈의 여왕의 썰매에 앉아 있었어요. 우리가 둥지를 튼 숲 위로 휙 하니 지나가더라고요. 눈의 여왕이 내쉬는 얼음 같은 입김에 새끼들은 몽땅 얼어 죽고, 이렇게 우리 둘만 살아남았지요. 구구! 구구!"

"무슨 말이야? 눈의 여왕은 어디로 간 거야? 좀 더 아는 게 없니?"

게르다가 물었습니다.

"아마 라플란드로 갔을 거예요. 일 년 내내 눈과 얼음으로 덮여 있으니까요. 저기 있는 순록한테 물어보세요."

그러자 순록이 말했습니다.

"맞아. 얼음과 눈이 가득한 곳이지. 축복받은 땅이라고. 하얗게 반짝이는 넓은 평원을 마음껏 뛰어다닐 수 있어. 눈의 여왕은 거기서 여름을 보내. 하지만 진짜로 여왕이 사는 성은 북극 근처에 있는 스피츠베르겐이라는 섬이야."

"아, 불쌍한 카이."

게르다가 한숨을 쉬었습니다.

"조용히 안 할래. 안 그러면 이 칼로 배를 찔러 버린다."

산적의 딸이 으르렁거렸습니다.

아침이 되자 게르다는 산적의 딸에게 산비둘기가 해준 얘기를 모두 들려주었습니다. 생각에 잠겨 있던 산적의 딸이 머리를 끄덕이며 말했습니다.

"괜찮아! 걱정하지 마!"

그러더니 순록에게 물었습니다.

"라플란드가 어디 있는지 알아?"

순록이 눈을 반짝이며 대답했습니다.

"나보다 잘 아는 동물 있으면 나와 보라고 그래요! 바로 거기서 나고 자란걸요. 그 눈밭에서 뛰어놀았다니까요."

산적의 딸이 게르다에게 말했습니다.

"잘 들어! 지금 집에는 남자들은 다 나가고 엄마밖에 없어. 엄마는 안 나갈 거야. 하지만 아침 늦게 저기 있는 큰 술병을 들이키고 나면 위층에 올라가 잠시 눈을 부칠 거야. 그때 네가 나갈 수 있게 도와줄게."

산적의 딸이 침대에서 뛰어내리더니, 엄마의 목을 두 팔로 껴안고 수염을 마구 잡아당기며 말했습니다.

"사랑하는 암염소 양반, 잘 주무셨나요?"

엄마가 딸의 코를 새빨개질 정도로 꼬집었지만 거기에는 딸에 대한 사랑이 가득 묻어났습니다.

이윽고 병에 든 술을 다 마신 엄마가 낮잠에 빠져들었습니다. 산적의 딸이 순록에게 다가가 말했습니다.

"날카로운 칼로 널 더 많이 간질이고 싶어. 정말 재미난 일이거든. 하지만 걱정 마, 밧줄을 풀어 줄 테니까. 네가 라플란드로 돌아갈 수 있게 밖으로 내보내 줄게. 대신 이 아이를 눈의 여왕이 사는 성까지 얼른 데려다 줘. 친구를 찾을 수 있게 말이야. 하긴 너도 이미 들어 알고 있겠지. 게르다가 큰 소리로 얘기했고, 넌 언제나처럼 엿들었을 테니까."

순록은 너무 기뻐 펄쩍펄쩍 뛰었습니다. 산적의 딸은 게르다를 순록의 등에 태운 다음, 안전하게 끈으로 잡아맸고, 깔고 앉을 작은 방석까지 내주었습니다.

산적의 딸이 말했습니다.

"추울 테니까 털 부츠는 돌려줄게. 하지만 털토시는 너무

예뻐서 내가 가질래. 그래도 걱정 마, 얼어 죽진 않을 테니. 여기 큼지막한 엄마 장갑을 줄게. 팔꿈치까지 올라올 거야. 자, 한번 껴봐! 이런, 꼭 못생긴 우리 엄마 손 같네."

게르다는 기뻐서 눈물을 흘렸습니다. 산적의 딸이 말했습니다.

"우는 거 보기 싫어. 당연히 기뻐해야지! 가다가 배고플 때 먹으라고 빵 두 덩어리하고 햄도 이렇게 준비했어."

순록의 등에 음식 보따리를 묶은 후, 산적의 딸은 문을 열어 큰 개들을 안으로 불러들였습니다. 그리고 칼로 밧줄을 끊으며 순록에게 말했습니다.

"자, 있는 힘껏 달려라! 게르다도 잘 보살펴 주고!"

게르다는 커다란 벙어리장갑을 낀 손을 내밀어 산적의 딸에게 작별인사를 했습니다. 순록은 관목과 가시덤불을 넘어 숲을 빠져나갔고 늪과 들판을 가로지르며 힘차게 달렸습니다. 늑대가 울부짖었고 까마귀들이 날카롭게 울어 댔습니다. 하늘이 붉은 빛으로 흔들리며 "쉭! 쉭!" 소리를 냈습니다.

"저건 오로라야. 얼마나 아름답게 빛나는지 봐!"

순록이 말했습니다. 그러고는 더욱 속도를 내며 밤낮없이 달렸습니다. 빵과 햄도 바닥이 났습니다. 하지만 그것은 게르다와 순록이 라플란드에 도착한 다음이었습니다.

여섯 번째 이야기
라플란드 할머니와 핀란드 여자

  게르다와 순록이 작은 오두막 앞에 멈췄습니다. 집이 어찌나 허름하던지, 지붕은 거의 바닥에 닿을 정도로 내려앉은데다 문은 너무 낮아 들락날락하려면 배를 바닥에 대고 기어야 할 정도였습니다. 안에는 라플란드 할머니 혼자 고래기름 불빛 아래에서 생선 요리를 하고 있었습니다. 순록이 게르다의 사정을 말했습니다. 하지만 그 전에 자기 얘기부터 늘어놓았습니다. 순록 생각에는 자기 이야기가 더 중요했기 때문입니다. 게르다는 뼛속까지 얼어붙어 입조차 달싹이지 못하고 있었습니다.

  "아이고, 가여운 것들. 아직 가야 할 길이 멀구나! 눈의 여왕이 여름을 보내는 핀란드까지 가려면 적어도 백오십 킬로미터는 더 가야 해. 여왕이 거기서 밤마다 푸른 불꽃을 쏘아 올리거든. 종이가 없으니까 말린 대구 위에 몇 자 적어 주마. 저 너머에 사는 핀란드 여자한테 보여 주거라. 그 여자가 나보다 더 많이 알고 있으니까."

게르다가 몸을 녹이고 음식을 먹는 동안, 라플란드 할머니가 말린 대구에 편지를 써서는 게르다에게 잘 간직하라며 건넸습니다. 그런 다음 게르다를 다시 순록 위에 태워 묶어 주었습니다. 순록이 달리기 시작했고, 하늘에서는 밤새 "쉭! 쉭!" 하는 소리가 울려 퍼졌습니다. 머리 위에서 아름다운 푸른빛 오로라가 빛나고 있었습니다. 마침내 핀란드에 도착했습니다. 게르다는 핀란드 여자가 사는 집 굴뚝을 두드렸습니다. 문이 아예 없었기 때문입니다.

안이 너무 더운 나머지 핀란드 여자는 옷을 거의 벗은 채 돌아다니고 있었습니다. 몸집이 작고 꼬질꼬질했습니다. 핀란드 여자가 서둘러 게르다의 외투 단추를 끄르고, 장갑과 부츠를 벗겼습니다. 안 그랬으면 게르다는 더워서 축 늘어져 버렸을지도 모릅니다. 그런 다음 순록의 머리 위에 얼음조각을 올려 주고 대구에 쓴 편지를 보았습니다. 핀란드 여자는 편지를 세 번이나 읽어 아예 외워 버리고는 수프 냄비에 대구를 던져 넣었습니다. 핀란드 여자는 먹을 것이라면 무엇이든 허투루 낭비하는 법이 없었기 때문입니다.

순록은 먼저 자기 이야기를 한 다음, 게르다에게 일어난 일을 들려주었습니다. 핀란드 여자는 지혜로운 눈을 깜빡일 뿐, 아무 말이 없었습니다.

"당신은 현명하신 분입니다. 실 한 묶음으로 세상 모든 바람을 묶어 버릴 수 있죠. 선장이 첫 번째 매듭을 풀면 부드러운 바람이 불고, 두 번째 매듭을 풀면 세찬 바람이 불어요. 하지만 세 번째, 네 번째 매듭을 풀면 나무가 뽑힐 정도로 무서운 폭풍이 일어나지요. 그러니 이 소녀에게 약을 주실 순 없나요? 열두 사람 몫의 힘을 주어, 눈의 여왕을 이길 수 있는 약을요."

순록이 말했습니다.

"열두 사람 몫의 힘이라고? 그 정도로는 소용도 없어!"

핀란드 여자가 말했습니다. 그러고는 선반으로 가서 커다란 두루마리를 내려 펼쳤습니다. 두루마리 위에는 이상한 글자들이 가득 적혀 있었습니다. 핀란드 여자는 땀방울이 눈썹을 타고 떨어질 때까지 열심히 글을 읽었습니다.

순록은 핀란드 여자에게 게르다를 도와 달라고 계속 빌었고, 게르다 역시 눈물을 글썽이며 애원했습니다. 이윽고 핀란드 여자가 눈을 깜박이기 시작하더니 순록을 구석으로 데려가서는 머리에 새 얼음을 올려 주며 이렇게 속삭였습니다.

"맞아. 카이는 눈의 여왕과 함께 있어. 자기가 좋아하는 건 뭐든지 얻을 수 있어서 그곳이 세상에서 가장 좋은 곳인 줄 알고 있지. 하지만 그건 거울 조각이 심장과 눈에 박혀 있기 때문이야. 그걸 빼내지 못하면 그 앤 절대 인간으로 돌아오지 못해. 눈의 여왕이 언제까지나 붙잡아 둘 테니까."

"게르다에게 눈의 여왕보다 더 강한 힘을 줄 순 없나요?"

"난 저 애가 가진 힘보다 더 큰 힘을 줄 수가 없어. 저 애가 얼마나 큰 힘을 가지고 있는지 몰라서 그래? 사람이나 동물이나 다들 게르다를 돕고 싶어하잖아. 맨발로 넓은 세상을 돌아다닌 것 좀 보라고! 하지만 게르다한텐 이런 사실을 말해선 안 돼. 게르다의 힘은 마음 깊은 곳에 있어. 착하고 순수한 마음에서 나오는 힘이지. 게르다가 혼자서 눈의 여왕을 찾아가 카이에게 박힌 거울 조각을 빼내지 못한다면 우리가 도울 길은 어디에도 없어. 여기서 삼 킬로미터쯤 가면 눈의 여왕의 정원에 도착해. 게르다를 거기 데리고 간 다음, 눈 속에서 빨간 열매를 가득 달고 있는 무성한 덤불 옆에 내려 줘. 그런 다음 어정대지 말고 얼른 돌아와!"

핀란드 여자가 게르다를 순록의 등에 태우자, 순록이 쏜살같이 내달렸습니다.

"어머, 부츠를 두고 왔어! 장갑은 또 어디 갔지!"

차가운 바람에 살이 에일 듯한 추위가 밀려오자 게르다가 소리쳤습니다. 하지만 순록은 멈추지 않고 계속 달려 마침내 빨간 열매가 달린 커다란 덤불에 이르렀습니다. 순록이 게르다를 내려놓고 입을 맞췄습니다. 굵은 눈물이 반짝이며 순록의 뺨을 타고 흘렀습니다. 그런 다음 왔던 길을 서둘러 달려가 버렸습니다.

게르다는 신발도, 장갑도 없이 얼음으로 뒤덮인 춥고 황량

한 핀란드 한복판에 혼자 남겨졌습니다.

　게르다는 있는 힘을 다해 앞으로 달렸습니다. 엄청난 눈발이 게르다를 향해 몰아쳤습니다. 하지만 그것은 하늘에서 내리는 눈이 아니었습니다. 하늘은 더할 나위 없이 맑았고 오로라까지 밝게 빛나고 있었습니다. 눈은 땅 위에서 휘몰아쳤고, 가까이 다가갈수록 점점 더 커졌습니다. 게르다는 돋보기를 통해 봤던 눈이 얼마나 크고 아름다웠는지를 잊지 않고 있었습니다. 하지만 이번에는 그보다 훨씬 큰데다 괴상망측하기까지 했습니다. 살아 있는 눈들은 바로 눈의 여왕을 지키는 군인들이었습니다. 다들 상상도 못할 정도로 이상한 모습들이었습니다. 흉측하고 거대한 고슴도치같이 생긴 게 있는가 하면, 사방으로 머리를 쳐든 한 무더기 뱀처럼 보이는 것도 있었으며, 털을 곤두세운 살찐 새끼 곰 같은 모양도 있었습니다. 하나같이 눈이 부실 정도로 하얀, 살아 있는 눈송이들이었습니다.

　게르다는 기도를 올렸습니다. 얼마나 추웠던지 내뱉는 숨이 얼어 눈앞에서 연기 기둥이 되었습니다. 숨을 내쉴수록 연기는 점점 짙어졌고, 땅에 닿는 순간 더 크게 자라서는 천사로 변했습니다. 모두들 머리에 철모를 쓰고 창과 방패를 든 모습이었습니다. 천사들은 하나둘씩 늘어나더니 게르다가 기도를 마쳤을 쯤엔 한 부대가 되어 게르다를 에워쌌습니다. 천사들이 무시무시한 눈 군단을 향해 창을 휘두르자 눈들이 산산이 흩어졌습니다. 마음을 놓은 게르다는 용감하게 앞으로 나아갔습니다. 천사들이 게르다의 손과 발을 문질러 준 덕분에 추위가 덜했습니다. 그렇게 게르다는 눈의 여왕이 있는 성을 향해 힘차게 나아갔습니다.

이제 카이가 어떻게 지내고 있는지 돌아볼 차례입니다. 사실 카이는 게르다를 까맣게 잊고 있었습니다. 그래서 게르다가 성 밖에서 기다릴지도 모른다는 생각은 하지도 못했습니다.

일곱 번째 이야기

눈의 여왕의 성과 그곳에서 일어난 일

성벽은 눈 더미로 쌓여 있었고, 창과 문은 칼날 같은 바람이 뚫어 놓았습니다. 백 개가 넘는 방도 눈보라가 만든 것이었으며, 가장 큰 방은 길이가 몇 킬로미터나 되었습니다. 넓고 텅 빈 방마다 오로라의 밝은 빛이 비쳐 얼음처럼 차갑고 눈부시게 반짝였습니다.

이곳에는 어떤 즐거움도 없었습니다. 바람이 연주하는 음악에 맞춰 앞발을 들고 재주를 부리는 북극곰도 없었고, 벌칙으로 손이나 등을 때리는 카드놀이도 하지 않았으며, 흰 암여우들이 차를 마시며 소곤대는 소리도 들리지 않았습니다. 눈의 여왕이 사는 방들은 크기만 할 뿐 싸늘하게 텅 비어 있었습니다. 오로라가 주기적으로 일렁거려 가장 밝게 빛날 때와 가장 어두울 때를 알 수 있었습니다. 얼음으로 뒤덮인 크고 텅 빈 방 한가운데 얼어붙은 호수가 있었습니다. 호수는 수천 개의 조각으로 갈라져 있었고 저마다 모양이 엇비슷한 것이 마치 하나의 예술작품처럼 보였습니다. 눈의 여왕은 성에 머물 때면 항상 호수 한가운데 앉아서 호수를 세상에서 단 하나뿐인 가장 훌륭한 '이성의 거울'이라고 부르곤 했습니다.

카이는 추위로 온몸이 시퍼렇다 못해 까맣게 변해 있었습니다. 하지만 정작 자신은 그 사실을 전혀 알아채지 못했습니다. 눈의 여왕의 입맞춤이 차가운 추위를 앗아 갔기 때문입니다. 이제 카이의 심장은 얼음장으로 변해 버렸습니다. 카이는 이리저리 뛰어다니며 뾰족하고 납작한 얼음조각을 옮겨 와서는 그것들을 여러 가지 모양으로 만들었습니다. 마치 퍼즐 조각을 요리조리 끼워 맞추는 듯했습니다. 카이는 독창적인 형태로 무언가를 만들려고 했습니다. 그것은 마음을 짜 맞추는 얼음 퍼즐이었습니다. 카이의 눈에는 그 모양들이 아주 대단하고 중요하게 보였습니다. 하지만 그것은 눈 속에 거울 조각이 박혀 있기 때문이었습니다. 카이는 조각들로 여러 낱말을 만들었지만 아무리 애를 써도 맞춰지지 않는 낱말 하나가 있었습니다. 바로 '영원'이란 낱말이었습니다. 언젠가 눈의 여왕이 카이에게 말했습니다.

"네가 그 낱말을 만든다면 넌 자유의 몸이 될 거야. 그리고 온 세상과 새 스케이트를 주겠노라."

하지만 카이는 그 낱말을 만들 수가 없었습니다.

"이제 따뜻한 나라에 다녀와야겠다. 검은 솥을 한번 들여다봐야겠구나."

눈의 여왕이 말했습니다. 검은 솥이란 바로 에트나와 베수비오 산 같은 화산을 이르는 말이었습니다.

"하얗게 칠을 해야지. 레몬과 포도나무가 잘 자라려면 그렇게 해줘야 해."

그러더니 여왕은 몇 킬로미터나 되는 텅 빈 얼음 방에 카이를 혼자 남겨 두고 날아가 버렸습니다. 카이는 다시 얼음조각과 씨름했습니다. 골똘히 생각하느라 머리가 아파 왔습니다. 꼼짝도 않고 뻣뻣이 앉아 있는 카이의 모습은 마치 얼어 죽은 사람 같았습니다.

그때 게르다는 바람이 뚫어 놓은 커다란 정문을 지나 성 안으로 들어서고 있었습니다. 세찬 바람이 게르다를 사납게 휘감았습니다. 하지만 게르다가 저녁기도를 하자, 잠에라도 빠진 듯 바람이 잠잠해졌습니다. 게르다는 넓고 얼어붙은 텅 빈 방으로 들어섰습니다. 그리고 이내 카이의 모습을 발견했습니다. 게르다는 카이를 한눈에 알아보았고, 두 팔로 카이의 목을 꼭 끌어안고는 부르짖었습니다.

"카이! 카이! 드디어 널 찾았구나!"

하지만 카이는 뻣뻣하게 얼어붙은 몸으로 꼼짝없이 앉아 있을 뿐이었습니다. 게르다의 눈에서 뜨거운 눈물이 쏟아졌습니다. 눈물이 카이의 가슴에 떨어져 심장으로 스며들더니 얼음 덩어리를 녹이고 거울 조각을 씻어 냈습니다. 카이가 게르다를 쳐다보았습니다. 게르다가 찬송가를 흥얼거리기 시작했습니다.

들장미가 자라는 골짜기 아래

우리 아기 예수 함께하시네.

 그러자 카이가 왈칵 울음을 터뜨렸습니다. 어찌나 울었던지 눈에 박힌 거울 조각이 눈물을 타고 빠져나왔습니다. 이윽고 게르다를 알아본 카이가 소리를 질렀습니다.
 "게르다! 사랑하는 게르다! 지금까지 어디 있었던 거야? 난 또 어디 있었던 거지?"
 카이가 주위를 두리번거리며 말했습니다.
 "여긴 너무 추워! 게다가 너무 넓고 텅 비어 있잖아!"
 카이가 게르다에게 찰싹 매달리자 게르다가 웃음을 지었고, 기쁨의 눈물이 볼을 타고 흘러내렸습니다. 얼음조각들도 두 아이가 행복해하는 모습을 보고는 기쁨에 겨워 춤을 추었습니다. 춤을 추다 지친 얼음들이 땅 위로 녹아내리면서 어떤 낱말을 만들었습니다. 그것은 카이가 자유를 되찾고, 온 세상과 새 스케이트를 얻기 위해 반드시 만들어야 하는 바로 그 낱말이었습니다.
 게르다가 카이의 볼에 입을 맞추자, 카이의 뺨이 붉게 물들었습니다. 다시 눈에 입을 맞추자 게르다의 눈처럼 카이의 눈이 반짝반짝 빛이 났습니다. 손과 발에 입을 맞추자 힘과 기운이 되살아났습니다. 이제 눈의 여왕이 언제 돌아온대도 상관없었습니다. 카이에게 자유를 안겨 줄 얼음 글자가 바닥에서 빛나고 있었기 때문입니다.

카이와 게르다는 손을 잡고 거대한 성 밖으로 나갔습니다. 함께 걸으며 할머니와 지붕 위의 장미에 대해 이야기를 나누었습니다. 발길이 닿는 곳마다 바람이 잦아들었고 태양이 고개를 내밀었습니다. 빨간 열매가 달린 덤불에 도착하자 순록이 기다리고 있었습니다. 젊은 암순록과 함께였습니다. 암순록의 배에는 아이들에게 줄 따뜻한 젖이 가득했습니다. 암순록이 게르다와 카이의 입술에 입을 맞추었습니다. 순록이 카이와 게르다를 태우고는 먼저 핀란드 여자의 집으로 데려갔습니다. 따뜻한 오두막에서 몸을 녹이는 동안 핀란드 여자가 집으로 가는 길을 가르쳐 주었습니다. 다음에는 라플란드 할머니가 사는 집을 들렀습니다. 할머니는 새 옷을 만들어 주고 썰매를 내주었습니다.

순록이 암컷과 함께 초록 잎이 돋기 시작하는 국경까지 따라왔습니다. 아이들이 순록과 라플란드 할머니에게 작별인사를 했습니다.

"안녕히 계세요."

어디선가 작은 새들이 재잘대는 소리가 들려왔고, 초록빛 싹이 여기저기서 눈에 띄었습니다. 새빨간 모자를 쓰고 총 두 자루를 쥔 젊은 아가씨가 멋진 말을 타고 숲에서 나왔습니다. 게르다는 그 말이 황금 마차를 끌던 말임을 금세 알아보았습니다. 집에 있는 게 따분해진 산적의 딸이 북쪽으로 길을 떠나던 중이었습니다. 그곳에도 재미있는 일이 없다면 또 다른 데로 가 볼 작정이었습니다. 산적의 딸은 곧 게르다를 알아보았고, 게르다 역시 마찬가지였습니다. 다시 만난 두 사람은 무척 행복했습니다.

산적의 딸이 카이를 보며 말했습니다.

"사라져 버린 친구가 바로 너구나! 네가 지구 끝까지라도 가서 찾을 만한 아이인지 궁금한걸."

게르다가 산적 딸의 뺨을 토닥이며 왕자와 공주의 안부를 물었습니다.

"둘 다 외국으로 여행 갔어."

산적의 딸이 대답했습니다.

"그러면 까마귀는?"

게르다가 물었습니다.

"아, 그 까마귄 죽었어. 과부가 된 까마귀 부인은 다리에 검은 털실을 감고 다니지. 하루 종일 푸념을 늘어놓는데, 하나같이 말도 안 되는 소리뿐이야. 자, 이젠 네가 그동안 어떻게 지냈는지, 카이를 어떻게 찾았는지 어서 말해 봐."

게르다와 카이가 함께 지금까지의 이야기를 들려주었습니다.

"정말 마법 같구나!"

산적의 딸이 두 사람의 손을 잡으며 카이와 게르다가 사는 곳을 지나가게 되면 꼭 들르겠다고 약속했습니다. 그런 다음 넓은 세상으로 힘차게 말을 달렸습니다. 카이와 게르다는 손에 손을 잡고 집을 향해 걸었습니다. 가면 갈수록 온 세상이 초록으로 물들고 꽃들이 활짝 핀 아름다운 봄 풍경으로 바뀌었습니다. 교회 종소리가 들렸습니다. 카이와 게르다는 그것이 자신들이 자란 도시의 높다란 종탑에서 울리는 소리라는 걸 이내 알아차렸습니다. 두 사람은 거실 계단을 뛰어올라 할머니 방으로 곧장 들어갔습니다. 모든 것이 예전 그대로였습니다. 째깍! 째깍! 소리를 내며 돌아가는 시계 바늘도 여전했습니다. 하지만 아이들은 문으로 들어서는 순간 자신들이 어른이 되었다는 걸 깨달았습니다. 열린 창문으로 활짝 핀 장미꽃이 내다보였습니다. 아이들이 앉던 의자가 그대로 놓여 있었습니다. 카이와 게르다가 의자에 앉아 서로의 손을 잡았습니다. 춥고 황량했던 눈의 여왕의 화려한 성에 대한 기억들이 모두 사라졌습니다. 그건 그저 고통스런 꿈에 지나지 않았습니다. 할머니가 환한 햇살 아래 앉아 큰 소리로 성경을 읽고 있었습니다.

"너희가 아이와 같지 않으면 결코 천국에 들어가지 못하리라."

카이와 게르다가 서로의 눈을 들여다보았습니다. 그리고 문득 오래된 찬송가의 의미를 깨달았습니다.

들장미가 자라는 골짜기 아래

우리 아기 예수 함께하시네.

자리에 앉은 두 사람은 어른이 되었지만 마음만은 여전히 아이들이었습니다. 바야흐로 따스하고 눈부신 여름이었습니다.

인어공주

저 먼 바다는 수레국화처럼 푸르고 수정처럼 맑으며 매우 깊습니다. 그 깊이를 헤아릴 수 없어 세상에서 가장 긴 닻줄을 늘어뜨려도 바닥에 닿지 않습니다. 바닥에서 수면까지 닿으려면 교회 첨탑을 얼마나 쌓아야 할지 모를 정도입니다. 그런 곳에 인어가 살고 있습니다.

이제 바다 밑에는 하얀 모래만 있다는 생각은 잠시 접어 두기 바랍니다. 그것은 사실이 아니니까요. 바다 속에는 아주 신기한 나무와 풀이 자라고 있습니다. 줄기와 잎이 얼마나 나긋나긋한지 잔잔한 물살에도 살랑거립니다. 나무 사이를 날아다니는 새처럼 크고 작은 물고기들이 줄기 틈새로 많이 헤엄쳐 다닙니다. 그 가장 깊은 곳에 용왕이 사는 궁전이 있습니다. 궁전 벽은 산호고, 높은 아치형의 창문은 투명한 호박 보석으로 만들어져 있습니다. 조가비 지붕은 바닷물이 일렁일 때마다 열리고 닫히기를 반복합니다. 조가비 하나하나마다 여왕의 왕관에 넣어도 좋을 만큼 눈부신 진주가 들어 있어 무척 아름답습니다.

용왕은 왕비가 세상을 뜬 후 오랫동안 쭉 혼자 살았으므로, 살림은 나이 많은 어머니가 도맡아하고 있었습니다. 용왕의 어머니는 슬기로운 분이었지만 자신이 왕족이라는 사실을 대단한 자랑으로 여겼습니다. 그래서 상류층 인어들은 꼬리에 여섯 개밖에 못 다는 굴을 열두 개나 달고 다녔습니다. 하지만 손녀인 인어공주들에게 쏟는 정성을 보면 존경을 받을 만했습니다. 여섯 명의 공주들은 하나같이 아름다웠지만 그중에서도 막내 공주가 가장 예뻤습니다. 장미 꽃잎처럼 맑고 부드러운 피부에, 눈이 깊은 바다처럼 푸르렀습니다. 하지만 다른 언니들과 마찬가지로 다리 대신 물고기 꼬리가 달려 있었습니다.

공주들은 벽에서 진짜 꽃들이 자라나는, 궁전 안의 넓은 방

에서 하루 종일 놀았습니다. 커다란 호박 창문을 열면, 열린 창으로 제비들이 날아들 듯 물고기들이 궁전 안으로 들어왔습니다. 물고기들은 공주들에게 다가와 손에서 먹이를 받아먹었고, 쓰다듬을 수 있게 몸을 내밀었습니다.

궁전 밖에 있는 거대한 정원에는 짙푸른 색 나무와 불같이 붉은 색깔의 나무가 자라고 있었습니다. 열매는 황금처럼 반짝였고, 꽃은 불꽃같이 빨갰으며, 잎과 줄기는 쉼 없이 일렁거렸습니다. 바닥의 흙이야 아주 고운 모래였지만, 색깔은 유황의 불꽃처럼 파르스름했습니다. 신비한 푸른빛이 어디서나 배어 나왔습니다. 바닥에 서면 바다에 있다는 생각보다는 하늘에 높이 떠 있는 것 같은 착각이 들 정도였습니다. 바다가 잔잔한 날에는 태양이 꽃받침에서 빛을 내는 자줏빛 꽃처럼 보이기도 했습니다.

공주들에게는 마음대로 땅을 일구고 식물을 심을 수 있는 자신만의 정원이 있었습니다. 고래 모양으로 화단을 꾸민 공주가 있는가 하면, 제 모습을 본떠 인어 모양으로 꾸민 공주도 있었습니다. 하지만 막내 공주는 태양처럼 둥근 정원을 만들었고,

꽃들이 빨갛게 피어나 태양처럼 환하게 빛나기만을 바랐습니다. 막내 공주는 호기심이 많은 아이였고, 말이 없고 생각이 깊었습니다. 언니들이 난파한 배에서 가져온 신기한 물건들로 정원을 꾸미는 동안 막내 공주는 태양 같은 빨간 꽃들과 아름다운 대리석 상에만 마음을 쏟았습니다. 새하얀 돌을 끌로 파서 조각한, 이 멋진 남자 조각상은 배가 난파한 후 바다 밑에 가라앉은 것이었습니다. 조각상 옆에는 붉은 수양버들을 심었습니다. 수양버들은 무성하게 자라 조각상 위로 잎이 달린 가지를 축 늘어뜨렸고, 그 끝이 푸른 모래 바닥에 닿았습니다. 보랏빛 그림자가 나뭇가지처럼 이리저리 흔들렸습니다. 수양버들의 꼭대기 가지와 뿌리가 함께 어우러지며 살랑거리는 모습이 마치 입이라도 맞추려는 듯 보였습니다.

막내 공주는 바다 위 인간 세상 이야기를 들을 때가 가장 행복했습니다. 그래서 할머니를 졸라 할머니가 알고 있는 배와 도시, 사람과 동물들에 대한 이야기를 듣고는 했습니다. 육지에서 자라는 꽃에는 향기가 있다는 사실이 제일 신기하고 놀라웠습니다. 바다 밑 꽃들은 향기가 없었기 때문입니다. 숲 속의 나무가 초록색이라는 것과 나무를 날아다니는 물고기들이 얼마나 맑고 아름답게 노래하는지도 알았습니다. 할머니는 작은 새들을 물고기라고 불렀습니다. 새를 한 번도 본 적이 없는 공주들이 무슨 말을 하는지 모를까 싶어서였습니다.

할머니가 말했습니다.

"너희들도 열다섯 살이 되면 바다 위에 올라갈 수 있단다. 달빛이 비치는 바위 위에 앉아 지나가는 큰 배와 숲과 도시를 구경할 수 있는 거지."

내년이면 첫째 공주가 열다섯 살이 됩니다. 공주들은 모두 한 살 터울인지라 막내 공주가 바다 위 세상을 보려면 꼬박 오 년을 더 기다려야 했습니다. 하지만 공주들은 자신들이 처음 바다 위에 올라가 무엇을 보았는지, 무엇이 가장 마음에 들었는지 서로 이야기해 주기로 약속했습니다. 공주들은 할머니의 이야기만으로는 만족할 수가 없었고, 여전히 궁금한 게 많았기 때문입니다.

하지만 바다 위로 가고 싶은 마음은 누구보다 조용하고 생각이 깊은 막내 공주가 가장 컸습니다. 막내 공주는 밤마다 창을 열고 물고기들이 지느러미와 꼬리를 흔들며 헤엄치는 짙푸른 바다 위를 뚫어지게 쳐다보았습니다. 어슴푸레하게나마 달과 별이 보였습니다. 물속이라 그런지 실제보다 더 크게 보였습니다. 시커먼 구름이 별빛을 가릴 때면 막내 공주는 머리 위로 고래가 헤엄쳐 가거나 승객을 가득 실은 배가 지나가는 중이라고 생각했습니다. 하지만 배에 탄 사람들은 저 아래서 예쁜 인어공주가 배를 향해 하얀 팔을 내밀고 있으리라고는 상상조차 못했습니다.

드디어 첫째 공주가 열다섯 살이 되자 물위로 가도 된다는 허락이 떨어졌습니다. 첫째 공주는 이야깃거리를 한 아름 안고 돌아왔습니다. 달빛 비치는 잔잔한 바닷가 백사장에 누워 있을 때가 가장 좋았다며, 거기서 수많은 불빛이 별처럼 반짝이는 도시를 보았다고 했습니다. 음악 소리와 함께 시끄러운 마차와 사람 소리가 들렸고, 교회 뾰족탑도 보고, 종소리도 들었다고 전했습니다. 하지만 그 아름다운 풍경에 더 가까이 다가갈 수 없어 마음이 더욱 간절했다고 말했습니다.

막내 공주는 언니의 이야기에 흠뻑 빠져 들었습니다. 그날 저녁 늦게 막내 공주는 창가에 서서 짙푸른 바다를 올려다보며 시끌벅적한 대도시를 생각했고, 자신이 있는 곳까지 교회 종소리가 들려오는 듯한 환상에 젖었습니다.

다음 해가 되자, 둘째 공주에게 바다 위로 올라가 어디든 헤엄쳐 가도 된다는 허락이 떨어졌습니다. 둘째 공주는 막 해가 질 무렵 수면에 올랐고 그때가 가장 아름다웠다고 말했습니다. 하늘이 온통 금빛으로 물들었고 말로는 표현할 수 없을 만큼 아름다운 진홍빛과 보랏빛 구름들이 머리 위로 떠갔다고 했습니다. 구름보다 빠른 속도로 석양을 향해 바다를 가로지르는 백조 떼의 모습은 길고 하얀 면사포 같았습니다. 둘째 공주도 지는 해를 보며 헤엄쳐 갔지만 해는 곧 물속으로 사라졌고, 장밋빛 노을도 바다와 구름이 삼켜 버렸습니다.

다시 일 년이 지나 셋째 공주가 바다 위로 나가게 되었습니다. 자매들 중에서 가장 용감한 셋째 공주는 바다로 흘러드는 넓은 강까지 거슬러 올라갔습니다. 포도 넝쿨이 우거진 푸른 언덕이 아름답게 펼쳐졌고, 울창한 나무 사이로 성과 집들이 보였습니다. 새 소리도 들렸습니다. 햇살이 어찌나 뜨겁던지, 공주는 몇 번이나 물속에 들어가 달아오른 얼굴을 식혀야 했습니다. 좁은 시내로 올라가니 발가벗은 아이들이 물속에서 이리저리 첨벙대는 모습이 보였습니다. 셋째 공주도 함께 놀고 싶었지만 아이들은 공주를 보자마자 겁을 먹고 달아나 버렸습니다. 이어서 시커멓고 작은 동물이 다가왔습니다. 그것은 개였습니다. 하지만 공주는 한 번도 개를 본 적이 없었습니다. 그 동물이 공주를 향해 어찌나 사납게 짖어 대던지, 깜짝 놀란 공주는 바다 속으로 다시 들어갔습니다. 하지만 아름다운 숲과 푸른 언덕과 꼬리 없이도 헤엄치던 귀여운 아이들은 결코 잊을 수가 없었습니다.

넷째 공주는 용기와는 거리가 멀었던 터라 거친 바다 한가운데 그냥 떠 있기만 했습니다. 하지만 다른 어느 곳보다 아름다웠다고 말했습니다. 드넓은 바다가 끝없이 펼쳐졌고, 하늘은 유리로 만든 커다란 종 같았습니다. 배도 보긴 했지만 워낙 멀리 있어서 갈매기처럼 보였습니다. 돌고래들은 파도를 타며 장난을 쳤고, 거대한 고래들이 콧구멍에서 뿜어내는 물줄기는 어찌나 세던지 마치 수백 개나 되는 분수에 둘러싸인 듯했습니다.

이제 다섯째 공주의 차례가 되었습니다. 다섯째 공주는 생일이 겨울이었던 까닭에 언니들이 처음 물위로 올라갔을 때 보지 못했던 것들을 보았습니다. 짙은 초록빛 바다 위로 커다란 빙산이 떠다녔습니다. 빙산은 하나하나가 진주알 같았고, 인간이 지은 교회 뾰족탑보다도 더 컸습니다. 희한한 모양의 빙산들이 다이아몬드처럼 눈부시게 빛났습니다. 다섯째 공주는 그중 가장 큰 빙산 위에 앉아 있었습니다. 배들은 빙산이 무서운 듯 황급히 멀리 돌아 피해 갔습니다.

공주는 긴 머리칼을 바람에 나부끼며 가만히 앉아 있었습니다. 밤이 되자 구름이 하늘을 뒤덮었습니다. 천둥이 울고 번개가 쳤으며 시커먼 파도가 거대한 얼음 덩어리를 들어 올렸습니다. 붉은 번개가 칠 때마다 빙산이 번쩍번쩍 빛났습니다. 배들은 모두 돛을 접었지만 다섯째 공주는 그런 공포와 전율 속에서도 떠다니는 빙산 위에 앉은 채 번쩍이는 바다로 내리꽂히는 푸른 번개를 잠자코 지켜보았습니다.

인어공주들은 처음 바다 위로 나갔을 때 새롭고 아름다운 광경을 보는 게 무척 즐거웠습니다. 하지만 나이가 차서 바다 위를 언제든 갈 수 있게 되자 점점 심드렁해졌습니다. 물위에 올라가도 얼른 궁전으로 돌아가고 싶었고, 한 달이 지나자 바다 밑이 훨씬 좋고 궁전에서 지내는 게 훨씬 편하다고 말했습니다.

하지만 다섯 공주들은 저녁이 되면 이따금 서로의 팔짱을 끼고 줄지어 물위로 올라가곤 했습니다. 인어공주들의 목소리는 인간보다 곱고 아름다웠습니다. 폭풍이 사납게 몰아쳐 배가 가라앉으려 하면 인어공주들은 배 앞으로 헤엄쳐 가서는 매혹적인 목소리로 깊은 바다의 즐거움을 노래했습니다. 공주들은 선원들이 바다에 빠지는 것을 두려워하지 말라고 노래했지만 선원들은 인어공주의 노래를 결코 이해하지 못했고 폭풍이 아우성치는 소리라고만 여겼습니다. 배가 가라앉아 선원들이 물에 빠지게 되면 어차피 용궁에 닿을 때쯤에는 모두 죽어 있을 테니 인어공주들이 아름답다고 말하는 세상을 보기는 애당초 그른 셈이었습니다.

언니들이 팔짱을 끼고 물위로 올라가는 저녁이면 막내 공주는 혼자 남아 언니들의 뒷모습을 외로이 바라보았습니다. 막내 공주는 울고 싶었지만 인어들은 원래 눈물을 흘리지 못했으므로 더욱더 괴로웠습니다.

"아, 나도 열다섯 살이면 얼마나 좋을까. 그러면 저 바다 위 세상과 거기 사는 사람들을 사랑하게 될 텐데."

막내 공주는 이렇게 중얼거리곤 했습니다.

시간이 흘러 마침내 막내 공주도 열다섯 살이 되었습니다.

"너도 이제 곧 떠나겠구나. 이리 오렴. 언니들처럼 예쁘게 꾸며 줄 테니."

할머니가 막내 공주의 머리에 하얀 백합으로 만든 화관을 씌워 주었습니다. 꽃잎 하나하나가 반으로 가른 진주였습니다. 그리고 꼬리에는 높은 신분을 나타내기 위해 커다란 굴 여덟 개를 달았습니다.

"아얏! 너무 아파요."

인어공주가 소리를 질렀습니다.

"예뻐지려면 그 정도는 참아야지."

할머니가 타일렀습니다.

거추장스런 장식들일랑 몽땅 떼어 버리고 무거운 화관도 벗어 버리면 얼마나 좋을까요! 막내 공주에게는 정원에 핀 빨간 꽃들이 더 잘 어울렸을 테지만 어쩔 도리가 없었습니다.

"다녀올게요."

막내 공주는 공기 방울처럼 빠르고 가볍게 바다 위로 올라갔습니다.

막내 공주가 파도 위로 고개를 내밀었을 때는 막 해가 진 다음이었습니다. 하지만 구름은 여전히 장밋빛과 황금빛으로 물들어 있었고, 희미한 분홍빛 하늘 위로 저녁 별들이 밝고 선명하게 빛나고 있었습니다. 공기는 부드럽고 신선했으며 바다는 더없이 고요했습니다. 바람도 잔잔하여, 돛대가 세 개 달린 커다란 배 한 척이 돛을 하나만 올린 채 물위에 떠 있었습니다. 갑판 위 여기저기서 편안하게 쉬고 있는 선원들의 모습이 보였습니다. 배에서는 음악과 노랫소리가 흘러나왔고, 어둠이 짙어지자 색색의 조명등이 환하게 불을 밝혔습니다. 마치 만국기가 바람에 펄럭이는 듯했습니다.

인어공주는 선실 창문 쪽으로 곧장 헤엄쳐 갔습니다. 파도에 몸이 떠오를 때마다 투명한 창으로 우아하게 차려입은 사람들의 모습이 보였습니다. 그중에서 가장 멋진 사람은 눈이 크고 눈동자가 검은, 젊은 왕자였습니다. 나이는 열여섯 살 정도로, 마침 그날이 생일이라 파티를 열고 있는 중이었습니다. 선원들이 갑판 위에서 춤을 추다가 젊은 왕자가 밖으로 나오자 수백 개의 폭죽을 하늘 위로 쏘아 올렸습니다. 하늘이 낮처럼 환해졌습니다. 인어공주는 너무 놀라 바다 속으로 숨었습니다. 하지만 재빨리 바다 위로 머리를 다시 내밀었습니다. 하늘에 뜬 별들이 우수수 떨어지는 것 같았습니다. 인어공주는 지금까지 불꽃놀이를 한 번도 본 적이 없었습니다. 거대한 태양들이 사방으로 불을 쏟아 내고, 물고기들이 빛을 내며 푸른 하늘을 헤엄쳐 다니는 듯했습니다. 이 모든 것들이 투명하고 잔잔한 바다 위에 그대로 내비쳤습니다. 배 안이 얼마나 환하던지, 사람은 물론이고 아주 작은 밧줄 하나조차 또렷하게 보였습니다. 젊은 왕자의 모습은 또 얼마나 멋지던지! 음악 소리가 아름다운 밤하늘로 울려 퍼지는 가운데 왕자는 미소 띤 얼굴로 모두에게 손을 흔들었습니다.

밤이 깊었지만 인어공주는 배와 멋진 왕자에게서 떠날 수가 없었습니다. 색색의 등불도 꺼졌고 불꽃도 더 이상 쏘아 올

리지 않았으며 축포 소리도 멎었습니다. 사방엔 파도 소리와 바다의 깊은 숨소리만 가득했습니다. 인어공주는 여전히 선실 안을 보기 위해 바다 위를 오르락내리락했습니다. 잠시 후 돛이 하나둘 부풀어 오르더니 배가 속도를 내기 시작했습니다. 파도가 높이 일었고 먹구름이 하늘을 캄캄하게 뒤덮었습니다. 멀리서 번개가 번쩍였습니다. 무시무시한 폭풍이 불어오고 있었습니다. 선원들이 돛을 거둬들였지만 배는 요동을 치며 성난 바다 위를 질주했습니다. 시커먼 파도가 점점 높게 일며 배를 집어삼킬 듯 산더미처럼 밀려왔습니다. 배가 마치 백조처럼 파도를 타고 내려갔다가 우뚝 솟구쳐 올랐습니다. 인어공주는 그 모습이 무척 재미있게 느껴졌지만 선원들은 그렇지 않았습니다. 배에서 삐걱거리는 소리가 나더니 세차게 내치는 파도에 두꺼운 판자들이 산산조각이 났습니다. 돛대 두 개가 갈대처럼 우지끈 부러졌습니다. 배가 옆으로 기울면서 물이 짐칸으로 밀려들어 왔습니다.

　　인어공주는 그제야 배가 위험에 빠졌다는 사실을 깨달았습니다. 인어공주 자신도 바다 위에 떠다니는 파편들 때문에 조심하지 않으면 안 됐습니다. 사방이 너무 깜깜해서 아무것도 보이지 않았습니다. 하지만 번개가 번쩍이자 배에 탄 사람들이 선명하게 보였습니다. 모두들 살기 위해 안간힘을 쓰고 있었습니다. 인어공주의 눈길이 왕자를 찾아다녔습니다. 그 순간 배가 산산이 부서지면서 왕자가 바다 속으로 사라지는 모습이 눈에 들어왔습니다. 인어공주는 왕자와 함께 바다에서 살게 됐다는 생각에 처음에는 무척 기뻤습니다. 하지만 인간은 물속에서는 살지 못하며, 용궁까지 오려면 죽을 수밖에 없다는 사실을 기억해 냈습니다.

'안 돼, 왕자님이 죽어선 안 돼!'

인어공주는 위험도 잊은 채 깨진 나뭇조각들이 떠다니는 바다 속으로 뛰어들었습니다. 바다 깊이 잠수했다가 파도를 뚫고 올라오기를 여러 차례 반복하던 인어공주가 마침내 왕자를 찾아냈습니다. 왕자는 폭풍우 치는 바다에서 허우적대느라 기진맥진한 상태였습니다. 팔다리는 축 늘어지고 아름다운 두 눈은 감겨 있었습니다. 인어공주가 구하러 오지 않았다면 물에 빠져 죽었을지도 몰랐습니다. 인어공주는 왕자의 머리를 물위로

들어 올린 채 파도에 몸을 맡겼습니다.

아침이 되자 폭풍은 잠잠해졌지만 배는 흔적도 없이 사라지고 없었습니다. 붉은 태양이 바다 위로 솟아오르자 왕자의 뺨에도 생기가 도는 듯했습니다. 하지만 눈은 여전히 감은 채였습니다. 인어공주는 왕자의 부드럽고 넓은 이마에 입을 맞추고 젖은 머리칼을 뒤로 넘겨 주었습니다. 왕자는 인어공주가 작은 정원에 세워 둔 대리석 조각상과 꼭 닮아 보였습니다. 인어공주는 왕자에게 다시 입을 맞추며 왕자가 살아 있기를 빌었습니다.

이윽고 육지가 앞에 나타났습니다. 하얀 눈으로 덮인 높고 푸른 산들이 마치 백조들이 누워 있는 모습 같았습니다. 해변 가까이에 아름다운 초록 숲이 있고, 그 옆에 교회인지 수도원인지 모를 큰 건물이 있었습니다. 정원에는 레몬과 오렌지 나무가 자라고 있었고, 문 옆에는 키 큰 야자나무들이 보였습니다. 바다가 작은 만을 이룬 덕에 물결은 잔잔했지만 모래언덕까지는 꽤나 수심이 깊었습니다. 하얗고 고운 모래가 해변으로 밀려왔습니다. 인어공주는 왕자를 데리고 해변으로 헤엄쳐 간 다음 따스한 햇살 아래 눕히고 모래를 돋워 베개를 만들었습니다.

하얗고 큰 건물에서 종소리가 울리더니 젊은 아가씨들이 정원으로 걸어 나왔습니다. 인어공주는 해변에서 멀리 헤엄쳐 나와 바다 위에 솟아오른 큰 바위 뒤로 몸을 숨겼습니다. 바다 거품으로 머리와 가슴을 덮어서 아무도 인어공주를 발견하지 못했습니다. 인어공주는 누가 불쌍한 왕자를 도우러 올지 가만히 지켜보았습니다.

얼마 안 있어 한 아가씨가 왕자에게 다가갔습니다. 아가씨는 잠깐 놀라는 듯하더니, 재빨리 사람들을 부르러 달려갔습니다. 인어공주는 정신을 차린 왕자가 주위 사람들에게 미소 짓는 모습을 지켜보았습니다. 하지만 자신을 구한 것이 인어공주라는 사실을 알 턱이 없는 왕자는 인어공주에게만은 미소를 보내지 않았습니다. 사람들이 왕자를 큰 건물로 데리고 들어가자, 인어공주는 터질 듯한 슬픔을 억누르며 용궁으로 돌아가기 위해 바다로 뛰어들었습니다.

막내 공주는 원래 말이 없고 생각이 깊은 편이긴 했지만 물 위를 다녀온 뒤로는 그 정도가 훨씬 심해졌습니다. 언니들이 바다 위에 가서 무엇을 보았는지 아무리 물어도 인어공주는 입도

벙긋하지 않았습니다.

막내 인어공주는 아침저녁으로 왕자와 헤어진 바닷가를 찾았습니다. 사람들이 정원에서 잘 익은 과일을 따는 모습을 지켜보았습니다. 산꼭대기에서 눈이 녹아내리는 장면도 보았습니다. 하지만 왕자의 모습만은 보이지 않았습니다. 그래서 인어공주는 항상 더 큰 슬픔을 안은 채 궁전으로 돌아와야만 했습니다. 그나마 유일한 낙이라면 왕자를 꼭 닮은 아름다운 대리석상에 팔을 두르고 정원에 앉아 있는 일이었습니다. 식물들은 돌보지 않아 울타리를 넘어 제멋대로 자라났고, 긴 줄기와 잎들이 나뭇가지를 휘감아 음침하기 그지없었습니다.

마침내 견디다 못한 인어공주가 한 언니에게 모든 걸 털어놓았습니다. 곧 다른 언니들도 그 사실을 알게 되었습니다. 가장 친한 친구들에게 이야기를 전한 언니들도 있었습니다. 그중에 왕자에 대해 알고 있는 친구가 있었습니다. 막내 공주와 마찬가지로 배에서 열린 파티를 본 친구였는데, 왕자가 어느 나라에 사는지, 성이 어디 있는지도 알고 있었습니다.

"이리 오렴, 막내야!"

언니들이 말했습니다. 인어공주들은 서로의 어깨에 팔을 두른 채, 길게 줄을 이어 왕자가 사는 성 앞까지 헤엄쳐 올라갔습니다.

성은 반짝이는 연한 노란빛 석조건물이었고, 호화로운 대리석 계단이 바다 밑까지 이어져 있었습니다. 황금빛 둥근 지붕이 솟아 있고, 성 전체를 에워싼 기둥 사이에는 대리석 상들이 마치 살아 있는 듯 서 있었습니다. 커다랗고 투명한 창 너머로 값비싼 비단 커튼과 색실로 짠 벽걸이가 걸린 호화로운 방이 보였습니다. 벽에는 아름다운 그림들이 가득했습니다. 큰 홀 한가운데 있는 분수에서는 둥근 유리 천장까지 물줄기가 치솟았고, 유리를 통해 비친 햇살이 물줄기와 넓은 분수대에서 자라는 아름다운 식물들 위로 부서져 내렸습니다.

이제 왕자가 사는 곳을 알게 된 인어공주는 저녁마다 성 근처 바다로 올라가 밤을 보냈습니다. 인어공주는 누구보다 용감하게 해변 가까이까지 헤엄쳐 갔습니다. 좁은 수로를 따라 물위로 그림자를 길게 드리운 대리석 발코니까지 간 적도 있었습니다. 그러고는 그 아래 앉아 밝은 달빛 아래 홀로 생각에 잠긴 왕자를 지그시 바라보곤 했습니다.

호화로운 배를 탄 왕자가 깃발을 높이 올리고 음악을 울리며 바다로 나가는 모습을 볼 때도 많았습니다. 인어공주는 초록 물풀 사이로 몰래 내다보았고, 사람들은 바람에 나부끼는 공주의 은백색 베일을 보고 백조가 날개를 펼친 것이라 생각했습니다.

인어공주는 횃불을 들고 바다로 나간 어부들이 왕자를 칭찬하는 소리를 들을 때마다 파도에 휩쓸려 죽을 뻔한 왕자를 구해 낸 일이 그렇게 뿌듯할 수 없었습니다. 그리고 가슴에 왕자를 안고 입을 맞추던 달콤한 기억을 떠올렸습니다. 하지만 왕자는 아무것도 몰랐고, 인어공주가 있다는 생각은 꿈에도 하지 않았습니다.

인어공주는 인간이 점점 더 좋아졌고, 함께 지내고 싶은 마음이 간절해졌습니다. 인간들이 사는 세상은 바다보다 훨씬 넓어 보였습니다. 그들은 배를 타고 바다를 건널 수도 있고, 구름 위로 높이 솟은 가파른 산도 오를 수 있었습니다. 땅과 숲과 들판이 끝도 없이 펼쳐져 있었습니다. 인어공주는 알고 싶은 게 너무도 많지만 언니들이 모두 답해 주진 못했습니다. 그래서 인어공주는 '높은 세상'에 대해서라면 모르는 게 없는 할머니를 찾아가 물었습니다. '높은 세상'이란 할머니가 바다 위 육지를 부르는 말이었습니다.

"인간은 물에 빠지지만 않으면 영원히 살 수 있나요? 우리처럼 죽지 않나요?"

인어공주가 물었습니다.

"인간들도 죽는단다. 우리보다 훨씬 더 빨리 죽지. 우리는 삼백 살까지도 살 수 있어. 하지만 죽으면 물거품이 되어 버리는 탓에 사랑하는 이들의 무덤조차 만들 수 없단다. 또 영혼이 없어서 다시 태어나지도 못한단다. 한 번 잘리면 다시 자라지 못하는 푸른 해초와도 같지. 하지만 인간들은 영혼이란 게 있어서 몸이 죽어 먼지가 된 후에도 영원히 살 수 있단다. 영혼은 깨끗한 공기 속으로 올라 빛나는 별에 이르게 되지. 우리가 물 위로 올라 인간 세상을 보듯이 인간들은 우리가 결코 모르는 아름다운 미지의 세상으로 올라가는 거란다."

할머니가 대답했습니다.

"우리는 왜 영원한 영혼이 없는 거죠?"

인어공주가 애처롭게 물었습니다.

"단 하루라도 인간이 되어 천국처럼 아름다운 세상으로 올라갈 수 있다면 목숨이라도 내놓겠어요."

"그런 생각하면 못 써. 우리는 저 위에 사는 인간들보다 더 행복하게 잘 살고 있으니까."

할머니가 인어공주에게 말했습니다.

"저도 언젠가는 죽어서 파도가 연주하는 음악도 듣지 못하고 아름다운 꽃들과 붉은 태양도 보지 못한 채 거품처럼 바다 위를 떠다니겠죠. 영원한 영혼을 얻을 방법은 없나요?"

"없단다. 인간이 널 자기 부모보다 더 사랑하게 된다면 모를까. 남자가 신부님 앞에서 네 손을 잡고 지금부터 영원토록 진실하게 사랑하겠다는 맹세를 하면 그 사람의 영혼이 네 몸속으로 들어가 인간의 행복을 함께 나눌 수도 있지. 네게 영혼을 주어도 남자의 영혼은 그대로 남아 있으니까. 하지만 그런 일은 절대로 일어나지 않아! 네 물고기 꼬리는 우리에겐 아름답게 보여도 인간들 눈엔 흉하게 보일 뿐이야. 그게 인간들의 한계란다. 다리라고 부르는 괴상한 기둥 두 개가 있어야만 인간들은 아름답다고 생각하거든."

인어공주는 한숨을 쉬며 자신의 물고기 꼬리를 슬픈 눈으로 쳐다보았습니다.

할머니가 말했습니다.

"기운 내거라. 삼백 년 동안 춤을 추며 즐겁게 사는 거야. 삼백 년은 아주 긴 세월이란다. 그 후에도 쉴 시간은 넘쳐날 정도로 많아. 오늘 밤엔 궁정무도회를 열자꾸나."

바다 속 무도회는 땅 위에서 열리는 무도회보다 훨씬 화려했습니다. 넓은 무도회장 벽과 천장이 크고 투명한 수정으로 만들어졌습니다. 빨갛고 연둣빛을 띤 수백 개의 커다란 조가비들이 푸른 불빛을 내며 사방에 줄지어 있었습니다. 그 불빛은 무도회장을 환하게 밝혔고 벽을 통과한 빛은 바다 속까지 밝게 비추었습니다. 크고 작은 수많은 물고기들이 수정 벽 주위를 헤엄쳐 다녔습니다. 비늘이 자줏빛으로 빛나는 물고기도 있고, 금빛과 은빛을 띤 물고기도 있었습니다. 무도회장으로 흘러드는 큰 물결 속에서 인어들이 노래를 부르며 춤을 추었습니다. 어떤 인간도 그렇게 아름다운 소리를 내지는 못할 터였습니다. 그중에서 막내 공주의 노랫소리는 그 누구보다 고왔습니다. 모두가 막내 공주에게 박수를 보냈습니다. 막내 공주 자신도 땅과 바다를 통틀어 제 목소리를 따라올 이가 없다는 걸 알고 있었으므로 잠시나마 기쁜 마음이 들었습니다.

하지만 마음은 이내 바다 위 세상으로 향했습니다. 인어공주는 멋진 왕자를 잊을 수가 없었고, 인간이 지닌 영원한 영혼이 자신에게는 없다는 사실 때문에 깊은 슬픔에 빠졌습니다. 용궁을 슬그머니 빠져나온 인어공주는 모두가 노래를 부르며 즐거워하는 동안 홀로 슬픔에 젖어 작은 정원에 앉았습니다.

그때 어디선가 물살을 타고 사냥을 알리는 뿔 나팔 소리가 울려 퍼졌습니다. 인어공주는 생각했습니다.

'아, 왕자님이 배 위에 있나 봐. 내 마음을 송두리째 뺏어 간, 세상에서 가장 사랑하는 나의 왕자님, 이제 내 모든 행복은 왕자님 손에 달려 있어. 왕자님과 함께할 수 있다면, 영원한 영혼을 얻을 수만 있다면 난 어떤 위험도 무릅쓸 거야. 언니들이 궁전에서 춤추는 동안 난 바다 마녀한테 가봐야겠어. 무섭긴 하

지만 무슨 방법을 일러 줄지도 몰라.'

　인어공주는 정원을 나와 으르렁대는 큰 소용돌이 너머, 바다 마녀가 사는 곳을 향해 헤엄쳐 갔습니다. 한 번도 가본 적이 없는 길이었습니다. 꽃은커녕 풀 한 포기 보이지 않았습니다. 소용돌이까지는 오직 잿빛 모래밖에 없었습니다. 물이 물레방아 바퀴처럼 빙글빙글 돌며 깊이를 가늠하기 힘든 어둠 속으로 닥치는 대로 빨아들였습니다. 바다 마녀에게 가려면 이 무시무시한 소용돌이를 건너야만 했습니다. 그러려면 뜨겁고 거품이 부글거리는 수렁 위를 지나갈 수밖에 없었습니다. 바로 마녀가 자신의 늪이라고 부르는 곳이었습니다.

　이 늪 건너 괴상한 숲 가운데 마녀의 집이 있었습니다. 나무와 풀 모두 반은 동물이고 반은 식물인 히드라였습니다. 머리가 수백 개 달린 뱀들이 땅에서 기어 나오는 모습 같았습니다. 가지는 길고 끈적끈적한 팔처럼 보였고, 끝에는 미끌미끌한 지렁이 같은 손가락이 달려 있었습니다. 뿌리에서 가지 끝까지 쉴 새 없이 몸을 꿈틀대면서, 바다를 떠다니는 건 뭐든지 손에 잡히는 대로 움켜쥐고는 놓아 주지 않았습니다.

겁에 질린 인어공주가 숲 언저리에서 머뭇거렸습니다. 두려움으로 심장은 두근두근 뛰었고, 돌아가고 싶은 마음이 굴뚝같았습니다. 하지만 사랑하는 왕자와 영혼을 생각하자 용기가 되살아났습니다. 인어공주는 히드라에게 붙잡히지 않으려고 길게 나부끼는 머리칼을 질끈 동여맸습니다. 그런 다음 두 손을 가슴에 모으고, 인어공주를 잡으려고 재빨리 팔을 뻗어 대는 히드라 사이를, 물속을 쏜살같이 헤엄치는 물고기처럼 돌진해 들어갔습니다. 히드라가 수백 개의 작은 팔로 쇠고리처럼 무언가를 단단히 그러쥐고 있는 모습이 보였습니다. 바다에 빠져 죽은 인간의 해골들이 히드라의 팔에 잡혀 있었습니다. 배의 방향타와 궤짝들도 육지동물의 해골과 함께 꼼짝없이 붙들려 있었습니다. 그중에서 가장 끔찍한 건 히드라에게 잡혀 목이 졸려 죽은 어린 인어의 모습이었습니다.

마침내 인어공주는 숲 속에 있는 진흙땅에 도착했습니다. 크고 살찐 물뱀들이 흉측하고 누런 배를 드러내며 진창 속을 누비고 다녔습니다. 이 진흙땅 한가운데 난파해 죽은 인간의 뼈로 만든 집이 있었습니다. 사람들이 카나리아에게 설탕덩어리를

줄 때처럼, 바다 마녀가 손에 모이를 담아 두꺼비에게 먹이고 있었습니다. 마녀는 징그러운 물뱀들을 '내 귀여운 새끼들'이라고 불렀고, 물컹한 가슴 위로 제멋대로 기어 다녀도 상관하지 않았습니다.

"난 네가 뭘 원하는지 잘 알고 있지."

바다 마녀가 말했습니다.

"어리석기는! 그래도 소원은 들어주지요, 공주님. 어차피 불행해지겠지만 말이야. 물고기 꼬리를 없애고 인간처럼 걸어 다니는 두 다리를 갖고 싶다고? 왕자가 널 사랑하면 영원한 영혼을 얻게 될 거다, 이거지?"

마녀가 소름 끼치는 소리로 크게 웃어 젖히자 두꺼비와 물뱀들이 바닥에 나동그라져 꿈틀거렸습니다.

마녀가 말을 이었습니다.

"아무튼 때맞춰 잘 왔구나. 내일 아침 해가 뜨고 나면 일 년 동안은 널 도와줄 수가 없거든. 널 위해 약을 만들어 주마. 해가 뜨기 전에 바다 위로 헤엄쳐 간 다음 바닷가에 앉아 그걸 마셔라. 그러면 네 꼬리가 두 갈래로 갈라지면서 인간들이 다리라고 부르는 것으로 변하게 될 거야. 하지만 날카로운 칼이 몸을 뚫고 지나가는 듯한 엄청난 고통을 참아야만 해. 사람들은 너를 보고 세상에서 가장 아름다운 아가씨라며 입을 모으겠지. 어떤 무용수도 너만큼 우아하고 가볍게 걷지는 못할 거야. 하지만 한 걸음 한 걸음 내딛을 때마다 발에서 피가 날 정도로 날카로운 칼 위를 걸어가는 것 같은 고통에 시달릴 거야. 이 모든 고통을 다 참아 내겠다면 널 도와주겠다."

"네, 그러겠어요."

인어공주는 대답은 했지만 목소리는 떨렸습니다. 인어공주는 왕자와 영원한 영혼을 생각하려 애썼습니다.

"신중하게 생각해. 일단 인간이 되고 나면 다시는 인어로 돌아올 수 없으니까. 바다를 헤엄쳐서 네 언니들이나 아비가 있는 궁전에 돌아가지도 못해. 영원한 영혼을 얻는 방법은 왕자의 사랑을 얻어 부모보다도 널 사랑하게 하는 길뿐이야. 왕자가 항상 네 생각만 하고, 신부 앞에서 널 아내로 맞겠다고 맹세해야만 해. 그러지 않고 왕자가 다른 사람과 결혼을 한다면 결혼식 다음 날 아침, 네 심장은 부서져 파도 위 물거품이 되고 말 거야."

"그래도 좋아요."

인어공주가 말했습니다. 하지만 얼굴은 백지장보다도 더 창백했습니다.

"그렇다면 먼저 나한테 대가를 지불해야지. 난 시시한 건 바라지 않아. 넌 바다 밑에서 가장 아름다운 목소리를 가지고 있지. 그 목소리로 왕자의 마음을 사로잡을 생각인지는 모르겠다만 이제 나한테 줘야겠구나. 이렇게 엄청난 약을 만들어 주는 대가로 네가 지닌 가장 좋은 걸 받아야겠어. 약을 칼날처럼 날카롭게 만들려면 내 피도 넣어야 하거든."

"하지만 제 목소리를 가져가면 저한텐 뭐가 남죠?"

인어공주가 물었습니다.

"아름다운 얼굴과 우아한 걸음걸이, 감정을 다 담아내는 눈이 있잖아. 그 정도로도 왕자의 마음을 쉽게 사로잡을 수 있을걸. 이런, 용기가 없어진 게냐? 자, 이제 내가 자를 수 있게 혀를 내밀어라. 그러면 마법의 약은 네 것이 될 테니."

"좋아요."

인어공주의 대답이 떨어지자 마녀가 마법의 약을 만들기 위해 불 위에 솥을 올렸습니다.

"뭐니 뭐니 해도 깨끗한 게 제일이지."

마녀가 이렇게 말하며 커다란 끈으로 묶어 놓았던 물뱀으로 솥을 문질러 닦았습니다. 그런 다음 자기 가슴을 찔러 검은 피가 흘러나오게 한 뒤 몇 방울을 넣었습니다. 그러자 솥에서 김이 올라오더니 보기만 해도 오싹해질 만큼 무시무시한 모양으로 변했습니다. 마녀는 솥에다 계속 이것저것 던져 넣었습니다. 내용물이 끓으면서 악어가 우는 듯한 소리가 났습니다. 마침내 마법의 약이 완성되었습니다. 보기에는 그냥 깨끗한 물 같았습니다.

"자, 받아라!"

마녀가 말했습니다. 그러고는 인어공주의 혀를 잘랐습니다. 이제 인어공주는 두 번 다시 말도 못하고 노래도 못하는 벙어리가 되고 말았습니다.

"숲을 지나갈 때 히드라가 붙잡으려고 하면 이 약 한 방울을 뿌려라. 그러면 팔이며 손가락들이 갈가리 찢겨질 테니."

마녀가 말했습니다.

하지만 인어공주는 그럴 필요가 없었습니다. 반짝이는 별처럼 인어공주의 손에서 빛을 내는 약병을 보는 순간 히드라들이 공포에 질려 움츠러들었기 때문입니다. 그래서 인어공주는 숲과 늪 그리고 그르렁대는 소용돌이를 재빨리 통과할 수 있었습니다.

눈앞에 궁전이 보였습니다. 무도회장의 불빛은 꺼져 있었고 모두가 잠에 빠져 있을 시간이었습니다. 하지만 인어공주는 안으로 들어갈 용기가 나지 않았습니다. 이젠 말도 못하는데다 영원히 바다 속을 떠나야 했던 것입니다. 심장이 찢어질 듯 아파 왔습니다. 인어공주는 몰래 정원으로 들어가 언니들의 화단에서 꽃을 한 송이씩 꺾어 들고는 궁전을 향해 몇 번이나 입맞춤을 보냈습니다. 그러고는 어둡고 푸른 바다를 헤치며 위로 올라갔습니다.

해가 뜨기 전, 인어공주는 왕자가 사는 궁전의 아름다운 대리석 계단에 다다랐습니다. 달빛이 밝고 환하게 비추고 있었습니다. 이윽고 쓰고 목이 타는 듯이 독한 약을 들이키자 양날로 된 칼이 가녀린 몸을 뚫고 지나가는 느낌이 들었습니다. 인어공주는 정신을 잃고 죽은 듯 쓰러졌습니다.

태양이 바다 저 편에서 밝아 올 무렵 인어공주가 정신을 차렸습니다. 날카로운 통증이 밀려왔습니다. 고개를 드니 바로 앞에 왕자가 서 있었습니다. 왕자가 새까만 눈으로 인어공주를 뚫어지게 바라보고 있었습니다. 어쩔 줄 몰라 하며 고개를 숙이던 인어공주는 꼬리가 없어졌다는 사실을 알았습니다. 그 자리에는 여자들이 부러워할 만큼 아름답고 하얀 두 다리가 있었습니다. 하지만 인어공주는 벌거벗고 있던 터라 치렁치렁한 긴 머리칼로 몸을 감쌌습니다.

왕자는 인어공주에게 누구인지, 어쩌다 여기 오게 된 건지 물었지만 말을 하지 못하는 인어공주는 그저 짙푸른 눈으로 부드럽고 슬프게 왕자를 바라볼 뿐이었습니다. 왕자는 인어공주의 손을 잡고 궁전으로 데려갔습니다. 인어공주는 한 발짝 한 발짝 내디딜 때마다 마녀가 예고했던 대로 날카로운 칼 위를 걸으며 바늘로 찌르는 듯한 통증을 느꼈지만 달게 참아 냈습니다. 왕자와 손을 잡고 걸어가는 인어공주의 걸음걸이는 거품처럼 가벼웠습니다. 왕자를 비롯한 모든 사람들이 우아하게 움직이는 인어공주의 아름다운 자태를 보며 입을 다물지 못했습니다.

궁전에 도착한 인어공주는 비단과 모슬린으로 만든 값비싼 옷들을 받았습니다. 인어공주는 궁전에서 가장 아름다운 사람이었지만 벙어리가 된 탓에 말도, 노래도 하지 못했습니다. 금으로 치장한 비단옷을 입은 매혹적인 시녀들이 왕자와 왕과 왕비 앞에서 춤을 추었습니다. 왕자가 노래 솜씨가 유난히 뛰어난 한 시녀를 향해 박수를 치며 미소를 보냈습니다. 인어공주는 한때 그보다 더 아름다운 목소리로 노래하던 자신을 생각하며 슬픔에 잠겼습니다.

'아, 왕자님과 함께 있고 싶어 목소리를 포기했다는 사실만이라도 알아준다면 얼마나 좋을까.'

시녀들이 멋진 음악에 맞춰 우아하게 춤을 추었습니다. 인어공주도 희고 아름다운 팔을 들어 올리며 발끝으로 일어섰습니다. 그리고 마루를 미끄러지듯 누비며 아무도 본 적이 없는 황홀한 춤을 추었습니다. 발을 내디딜 때마다 인어공주의 모습은 더욱 눈부시게 빛났고, 두 눈은 시녀들의 노래보다 더 깊은 감동을 전해 주었습니다.

모두가 넋을 잃고 인어공주를 바라보았습니다. 특히나 왕자는 인어공주를 '길 잃은 천사'라고 부르며 무척 기뻐했습니다. 인어공주는 발이 땅에 닿을 때마다 날카로운 칼날을 밟는 듯 고통스러웠지만 계속해서 춤을 추었습니다. 왕자는 인어공주에게 절대로 자기 곁을 떠나지 말라며, 자기 방 앞에 있는 벨벳 깔개 위에서 자도 좋다고 말했습니다.

그리고 인어공주에게 남자 신하들이 입는 옷을 입힌 뒤 함께 말을 타기도 했습니다. 두 사람이 향기로운 숲을 질주할 때면 초록 가지가 인어공주의 어깨를 스쳤고 싱그러운 나뭇잎 사이에서 작은 새들이 노래를 불렀습니다. 인어공주는 왕자와 함께 높은 산봉우리도 올랐습니다. 연약한 발에서 피가 흘러 내리는 곳마다 핏자국이 흥건히 묻어났지만 인어공주는 웃으며 왕자를 따랐고, 머나먼 곳으로 날아가는 새들처럼 하늘에 떠가는 구름을 굽어보았습니다.

궁전으로 돌아와 모두가 잠든 깊은 밤이면 인어공주는 대리석 계단으로 나와 얼음같이 차가운 바닷물에 발을 담그고 화끈거리는 발을 식히곤 했습니다. 그리고 바다 밑에 있는 그리운 가족들을 떠올렸습니다.

어느 날 밤, 인어공주의 언니들이 어깨동무를 하고 물위로 올라와 애처롭게 노래를 불렀습니다. 인어공주가 언니들에게 손짓을 하자, 언니들이 금세 알아보고는 모두들 인어공주 때문에 얼마나 슬퍼하는지 모른다고 말했습니다. 그날부터 언니들은 매일 밤 인어공주를 보러 왔습니다. 어느 밤인가는, 여러 해 동안 물위로 올라온 적이 없는 할머니와 머리에 왕관을 쓴 아버지의 모습도 보였습니다. 두 분 다 인어공주에게 손을 내밀었지만 언니들처럼 해안 가까이 다가오지는 못했습니다.

왕자는 날이 갈수록 인어공주가 좋아졌습니다. 하지만 사랑스럽고 귀여운 아가씨라고 여겼을 뿐 아내감으로 생각해 본 적은 단 한 번도 없었습니다. 왕자가 다른 여자와 결혼을 하게 되면 인어공주는 영원한 영혼도 얻지 못할 뿐더러 결혼식 다음날 아침, 바다 위 거품으로 사라져 버릴 터였습니다.

"왕자님은 절 누구보다 사랑하지 않나요?"

왕자가 인어공주를 안고 사랑스런 이마에 입을 맞출 때면,

인어공주의 눈이 그렇게 묻는 듯했습니다.

왕자가 대답했습니다.

"넌 내게 제일 소중한 사람이야. 마음씨도 누구보다 곱고 날 위해서라면 뭐든지 하잖아. 널 보면 예전에 만났던 아가씨가 떠올라. 하지만 다시는 보지 못할 거야. 언젠가 배가 난파해서 신성한 사원 근처까지 떠밀려 간 적이 있거든. 젊은 아가씨들이 수도하는 곳이었는데, 그중에서 가장 어린 아가씨가 해변에서 날 발견하고는 구해 줬단다. 두 번밖에 보진 못했지만 내가 사랑하는 사람은 오직 그 아가씨뿐이야. 그런데 네가 그 아가씨를 너무 닮아 자꾸 생각이 나는구나. 아가씨가 평생 하느님을 섬겨야 할 사람이다 보니, 행운의 신이 널 대신 보내 줬나 봐. 그러니까 우리 절대로 헤어지지 말자!"

'아, 내가 왕자님을 구했다는 사실을 모르나 봐.'

인어공주는 생각했습니다.

'바다에서 사원이 있는 숲까지 왕자님을 데려간 건 저예요. 사람들이 도와주러 올 때까지 물거품으로 몸을 가린 채 기다린 것도 저예요. 왕자님이 나보다 더 사랑한다는 그 아가씨도 내

눈으로 봤는걸요.'

　　인어공주가 한숨을 깊이 내쉬었습니다. 눈물을 흘리는 법을 아직 몰랐던 것입니다.

　　'그 아가씨는 사원에 있는 사람이라 바깥세상으로 나오지 못한다고 하셨지. 그러니 두 사람이 다시 만날 일은 없을 거야. 내가 언제나 왕자님 곁에 머물면서 지켜볼 거야. 왕자님을 보살피고 사랑하면서 목숨이라도 바칠 거야.'

　　얼마 후 왕자가 이웃 나라의 아름다운 공주와 결혼할 거라는 소문이 떠돌았습니다. 호화로운 배가 출항할 준비를 서두르고 있었습니다. 사람들은 왕자가 이웃 나라를 방문하러 간다고들 했지만 사실은 이웃 나라의 공주를 보러 가는 것이었습니다. 많은 신하들이 왕자를 모시고 떠날 예정이었습니다. 인어공주가 미소를 지으며 고개를 저었습니다. 왕자의 마음을 누구보다 잘 알고 있었기 때문입니다.

　　"떠날 수밖에 없구나."

　　왕자가 인어공주를 보며 말을 이었습니다.

　　"아버님과 어머님의 분부라서 이웃 나라 공주를 보러 가야

해. 하지만 결혼까지 강요하진 못하실 거야. 내가 공주를 사랑하는 일은 절대 없을 테니까. 그 공주가 너나 사원의 그 아름다운 아가씨를 닮았을 리가 없잖아. 언젠가 내가 신부를 선택해야 한다면 그 주인공은 바로 눈으로 말하는 벙어리 천사 아가씨, 네가 될 거야."

왕자가 인어공주의 긴 머리칼을 어루만지며 붉은 입술에 입을 맞추고는 가슴에 머리를 기댔습니다. 인어공주는 인간이 누리는 행복과 영원한 영혼에 대한 꿈에 젖어들었습니다. 왕자가 이웃 나라로 향하는 멋진 배 위에 서서 인어공주에게 물었습니다.

"넌 바다를 전혀 두려워하지 않는구나, 그렇지?"

왕자는 인어공주에게 폭풍우 치는 바다와 잔잔한 바다, 깊은 바다 속에 사는 신기한 물고기, 잠수부가 바다에서 본 이야기들을 들려주었습니다. 신비한 바다 속 세상일이라면 누구보다 잘 아는 인어공주가 왕자의 이야기에 미소를 지었습니다.

키잡이 선원 말고는 모두가 잠든 달밤, 인어공주는 배 난간에 서서 맑은 바다를 내려다보고 있었습니다. 아버지가 계신 궁전이 보이는 듯했습니다. 궁전 지붕 위에서 은관을 쓴 할머니가 배가 일으키는 세찬 물살을 올려다보고 있을 것만 같았습니다. 그때 언니들이 물위로 올라오더니 하얀 손을 꼭 모으며 슬픔에 가득 찬 눈으로 인어공주를 바라보았습니다. 인어공주가 언니들에게 손짓을 하며 미소를 지었습니다. 자신은 행복하다고, 아무 문제없이 잘 지내고 있다고 말해 주고 싶었습니다. 하지만 그 순간 심부름하는 아이가 올라오는 바람에 언니들은 다시 물속으로 들어가 버렸습니다. 아이는 제가 본 것이 그저 물거품이라고만 생각했습니다.

다음 날 아침, 배가 이웃 나라의 아름다운 항구로 당당하게 들어섰습니다. 교회마다 종을 울렸고, 탑 꼭대기에서 환영의 나팔 소리가 퍼져 나왔습니다. 병사들이 휘날리는 깃발과 번쩍이는 총검을 들고 차려 자세로 서 있었습니다. 매일 새로운 축제가 열렸고, 무도회와 연회가 줄을 이었습니다. 하지만 공주의 모습은 아직 보이지 않았습니다. 들리는 말로는, 신성한 사원에서 왕실의 법도를 익히는 중이라고 했습니다. 마침내 공주가 돌아왔습니다.

이웃 나라 공주가 얼마나 아름다운지 간절히 보고 싶었던 인어공주는 공주를 보는 순간, 지금껏 이토록 아름다운 사람은 본 적이 없다는 사실을 인정해야만 했습니다. 생기가 넘치는 고운 피부에, 온화하고 푸른 눈이 길고 짙은 속눈썹 아래서 진지하게 빛났습니다.

"바로 당신이군요, 해변에 누워 죽어 가던 날 구해 준 분이."

왕자가 팔을 뻗어 수줍어하는 신부를 끌어안았습니다. 그리고 인어공주를 보며 말했습니다.

"아, 이렇게 기쁠 수가! 내가 꿈꾸던 가장 멋진 일이 일어난 거야. 내가 행복해하니 너도 기쁘지? 넌 누구보다 날 좋아하는 사람이잖아."

인어공주가 왕자의 손에 입을 맞추었습니다. 하지만 마음은 산산이 부서지는 듯했습니다. 이제 왕자가 결혼을 하면 자신은 죽어 물거품으로 변해 버릴 터였습니다.

말을 탄 전령들이 거리마다 다니며 왕자의 결혼을 알렸습니다. 교회의 종이 울리고, 제단에 놓인 값비싼 은 램프에서 향기로운 기름이 타올랐습니다. 사제들이 향로를 흔들고 신랑과 신부가 손을 맞잡은 채 주교의 축복을 받았습니다. 하지만 금으로 장식한 비단 드레스를 입고 신부의 드레스 자락을 잡고 선 인어공주의 귀에는 즐거운 음악 소리도 들리지 않았고, 성스런 의식도 눈에 들어오지 않았습니다. 오직 이 세상에서의 마지막 밤과 잃어버린 것들만 떠오를 뿐이었습니다.

그날 저녁, 신랑과 신부가 배에 올랐습니다. 축포가 터지고 깃발이 휘날렸습니다. 배 가운데에 자줏빛과 황금빛이 어우러진 호화로운 천막이 세워졌고, 안에는 왕자와 공주가 조용하고 멋진 밤을 보낼 수 있게 화려한 침대가 놓였습니다. 돛이 바람에 부풀어 오르자, 배가 가볍고 부드럽게 바다로 미끄러져 나갔습니다.

어둠이 내리자 색색의 등불들이 빛을 뿜었고, 선원들은 갑판 위에서 흥겹게 춤을 추었습니다. 인어공주는 바다 위에 처음 올라왔던 날 보았던 화려한 축제가 절로 떠올랐습니다. 이제는 자신도 사람들 속에 섞여 제비처럼 가볍게 몸을 놀리며 춤을 추었습니다. 여기저기서 탄성이 터져 나왔습니다. 인어공주는 그 어느 때보다 우아하게 춤을 추었습니다. 여린 발이 날카로운 칼에 베이는 듯했지만 상관하지 않았습니다. 그보다 마음속 고통이 더 사무쳤기 때문이었습니다.

가족과 집을 버리고 아름다운 목소리까지 잃은 채 아무것도 몰라주는 왕자를 위해 숱한 고통의 나날을 참아 왔지만 이제 왕자를 보는 것도 이 밤이 마지막이었습니다. 왕자와 함께 같은 공기를 마시고, 바다를 바라보고, 별이 빛나는 하늘을 올려다보는 것도 끝이었습니다. 생각도 꿈도 없는 영원한 어둠만이 인어공주를 기다리고 있었습니다. 영혼이 없는 인어공주가 영혼을 구할 길은 이제 어디에도 없었습니다.

사람들은 자정이 지나도록 흥겨워하며 와자지껄하게 놀았습니다. 인어공주도 사람들과 어울려 웃으며 춤을 추었습니다. 하지만 죽음에 대한 생각이 머리를 떠나지 않았습니다. 왕자가 사랑스런 신부의 검은 머리칼을 어루만지며 입을 맞추었습니다. 두 사람은 팔짱을 끼고 화려한 침실로 들어가 잠자리에 들었습니다.

배는 이제 쥐 죽은 듯 조용했습니다. 키잡이만이 배를 조종

하느라 깨어 있었습니다. 인어공주는 하얀 팔을 난간 위에 기댄 채 장밋빛으로 밝아 올 동쪽 하늘을 바라보았습니다. 첫 햇살이 죽음을 의미한다는 사실을 인어공주도 잘 알고 있었습니다. 그 때 언니들이 바다 위로 모습을 드러냈습니다. 얼굴이 인어공주만큼이나 파리했고 바람에 흩날리던 아름다운 머리칼도 잘려 나가고 없었습니다.

언니들이 말했습니다.

"널 구하려고 마녀에게 줘버렸단다. 마녀가 우리한테 칼을 줬어. 이거 봐! 정말 날카롭지? 해가 뜨기 전에 이 칼로 왕자의 심장을 찔러야 해. 왕자의 따뜻한 피가 네 발에 떨어지면 다리가 다시 붙으면서 꼬리로 변할 거야. 다시 인어가 되는 거야. 그러면 우리와 함께 바다로 돌아가서 물거품이 될 때까지 삼백 년을 살 수 있다고! 어서 서둘러! 해가 뜨기 전에 너희 둘 중 하나는 죽을 수밖에 없어. 마녀가 우리 머리카락을 가위로 잘랐듯이 할머니도 슬퍼하다 못해 백발이 다 빠지셨단다. 왕자를 죽이고서 우리한테로 돌아와! 서둘러. 하늘에 벌써 붉은 기운이 돌기 시작했어. 금방 해가 떠오를 거야. 그러면 넌 죽어!"

언니들이 애처로운 눈길로 한숨을 깊이 내쉬고는 파도 속으로 사라졌습니다.

인어공주가 천막의 자줏빛 커튼을 젖히니, 아름다운 신부가 왕자의 가슴에 머리를 기대고 잠들어 있었습니다. 인어공주는 허리를 굽혀 왕자의 아름다운 이마에 입을 맞추고 점점 붉어지는 새벽하늘을 바라보았습니다. 그리고 손에 든 날카로운 칼을 뚫어지게 보다가 다시 왕자에게로 시선을 옮겼습니다. 왕자는 꿈속에서조차 신부의 이름을 속삭이고 있었습니다. 왕자의 마음속에는 오직 신부뿐이었습니다. 칼을 잡은 인어공주의 손이 부들부들 떨렸습니다. 다음 순간 인어공주가 파도 너머로 멀리 칼을 던져 버렸습니다. 칼이 빠진 곳의 물이 붉게 변했습니다. 마치 물속에서 한 방울 한 방울 피가 배어 나오는 것 같았습니다. 인어공주는 아련한 눈길로 왕자를 마지막으로 본 뒤, 바다 속으로 몸을 던졌습니다. 온몸이 거품이 되어 녹아내리는 듯했습니다.

이윽고 태양이 바다 위로 솟아올랐습니다. 따뜻하고 부드러운 햇살이 차디찬 물거품을 비추었습니다. 하지만 인어공주

는 자신이 죽었다는 느낌이 들지 않았습니다. 밝은 태양이 보였고, 투명하고 영롱한 것들이 주변 가득 떠다니고 있었습니다. 그 사이로 하얀 돛을 단 배와 하늘에 떠가는 붉은 구름이 보였습니다. 떠다니는 것들이 소곤대는 목소리가 아름다운 음악 같았습니다. 하지만 인간의 눈에 그 모습이 보이지 않듯, 천상의 소리처럼 오묘한 소리는 인간의 귀에 들리지 않았습니다. 그들은 워낙 가벼워서 날개 없이도 공중으로 훌쩍 날아올랐습니다. 인어공주는 자신도 그들과 똑같다는 걸 알고는 거품에서 빠져나와 하늘 높이 올라갔습니다.

"여기가 어디죠?"

인어공주가 물었습니다. 주변에 떠 있는 것들과 같은 목소리가 났습니다. 지상의 어떤 음악보다도 아름다운 소리였습니다.

"공기의 요정들이 있는 곳이에요."

그들이 대답했습니다.

"인어들에겐 영원한 영혼이 없어요. 인간의 사랑을 얻지 않는 한 절대로 가질 수가 없죠. 자신의 힘으로는 영원한 생명을

얻을 수가 없는 거예요. 공기의 요정들도 영혼이 없긴 마찬가지지만 좋은 일을 하면 영원한 영혼을 얻을 수 있답니다. 해로운 공기가 가득한 무더운 나라로 날아가 시원한 바람을 일으켜서 사람들의 생명을 구할 수도 있고요. 꽃향기를 전하면서 사람들의 기분을 바꿔 주고 건강을 되찾아 줄 수도 있어요. 삼백 년 동안 최선을 다해 착한 일을 하면 영원한 영혼을 얻어 인간의 행복을 누릴 수 있지요. 가엾은 인어공주님도 우리처럼 온 마음을 다해 노력했어요. 고통을 참고 견디며 노력한 덕분에 이렇게 공기의 요정들이 있는 세계로 오게 된 거죠. 이제 공주님도 삼백 년 동안 좋은 일을 하면 영원한 영혼을 가질 수 있어요."

인어공주는 태양을 향해 투명한 팔을 들어 올렸습니다. 처음으로 인어공주의 눈에서 눈물이 흘러내렸습니다.

배 위에서는 한바탕 소란이 벌어졌습니다. 왕자와 아름다운 신부가 자신을 찾고 있는 모습이 보였습니다. 두 사람은 인어공주가 파도에 몸을 던졌다는 사실을 알기라도 하듯, 슬픔에 찬 얼굴로 진주 빛 물거품을 바라보고 있었습니다. 인어공주는 사람들 눈에 보이지 않게 신부의 이마에 입을 맞추고 왕자에게 미소를 보냈습니다. 그런 다음 공기의 요정들과 함께 하늘에 떠가는 분홍빛 구름 속으로 올라갔습니다.

"삼백 년 후에 우리는 이렇게 천국으로 날아갈 거랍니다."

공기의 요정이 말했습니다.

"더 빨리 갈지도 몰라요."

다른 목소리가 덧붙였습니다.

"우리는 사람들의 눈에 띄지 않게 아이들이 있는 집에도 들어간답니다. 부모에게 기쁨을 주고 사랑을 받는 착한 아이를 만나게 되면 시험을 받는 시간이 줄어들지요. 아이들은 우리가 방에 들어가도 몰라요. 우리가 착한 아이를 보고 행복한 미소를 지을 때마다 삼백 년에서 일 년이 줄어드는 것이지요. 하지만 심술궂거나 나쁜 아이를 만나 슬피 울게 되면 눈물 한 방울마다 하루씩 보태진답니다."

공기의 요정이 속삭였습니다.

The Nightingale
나이팅게일

나이팅게일

아시다시피 중국이라는 나라는 황제도 중국인이고 백성들도 모두 중국인입니다. 이 이야기는 아주 옛날 이야기입니다. 그러니 잊혀지기 전에 꼭 들어 두어야 합니다.

황제는 세상에서 가장 아름다운 궁궐에 살았습니다. 전체가 자기로 만들어진 궁궐은 어찌나 호사스럽고 깨지기 쉽던지 만질 때마다 조심해야 했습니다. 정원에는 진귀한 꽃들이 가득했습니다. 특히나 아름다운 꽃에는 은방울을 매달아 그 곁을 지나가는 사람들이면 누구나 방울 소리에 고개를 돌리곤 했습니다. 황제의 정원은 모든 것이 가지런히 잘 꾸며져 있었고, 어찌나 넓은지 정원사도 어디가 끝인지 모를 정도였습니다. 정원 끝에는 키 큰 나무들과 깊은 호수가 있는 아름다운 숲이 있었습니다. 숲은 깊고 푸른 바다까지 이어져 있었고, 큰 배들이 나뭇가지 아래로 떠다녔습니다. 그 속에 나이팅게일 한 마리가 살았습니다. 그 새의 노랫소리가 얼마나 아름다운지 할 일이 태산인 가난한 농부조차 그물을 끌어올리다 말고 귀를 기울일 정도였습니다.

"세상에, 저렇게 아름다운 소리가 있다니!"

어부는 그렇게 말하곤 했습니다. 하지만 이내 다시 일을 시작했고, 새에 대한 생각은 깡그리 잊어버렸습니다. 다음 날 저녁, 어부가 일을 하러 돌아오자 새가 다시 노래하기 시작했습니다. 그러자 어부가 똑같은 소리를 했습니다.

"세상에, 저렇게 아름다운 소리가 있다니!"

황제가 사는 도시를 찾아 세상 곳곳에서 온 사람들은 황제의 궁궐과 정원을 보며 감탄했습니다. 어쩌다 나이팅게일의 노랫소리를 듣기라도 하면 모두들 이렇게 입을 모았습니다.

"정말 천상의 소리로군요."

여행자들은 자기 나라로 돌아가 자신들이 본 것을 이야기했고, 학자들은 황제가 사는 도시와 궁궐 그리고 정원에 대한 책을 썼습니다. 물론 나이팅게일 이야기도 빼놓지 않았습니다. 그 새야말로 으뜸이라며 손가락을 치켜세웠습니다. 시인들은 깊은 바다 근처 숲에 사는 나이팅게일에 대한 아름다운 시를 썼습니다.

그 책들은 온 세상으로 퍼져 나갔고, 몇 개는 황제의 손에도 들어갔습니다. 어느 날, 황제는 황금 의자에 앉아 기쁨에 찬 얼굴로 자신의 도시와 궁궐, 정원이 화려하게 묘사된 책을 하나하나 읽으며 고개를 끄덕이고 있었습니다. 그런데 책마다 '나이팅게일이 가장 아름답다.'고 쓰여 있었습니다.

"이게 무슨 소린가!"

황제가 소리를 질렀습니다.

"나이팅게일이라니! 처음 듣는 얘기로군! 내 나라에 그런 새가 있다고? 그것도 내 정원에? 책을 읽고서야 그 사실을 알게 되다니."

황제가 시종장을 불렀습니다. 시종장은 워낙 지위도 높고

콧대도 높은 사람이라, 자신보다 신분이 낮은 사람이 무례하게 말을 걸거나 질문을 하면 "푸!" 하며 아무 의미도 없는 소리를 내뱉곤 했습니다.

　　황제가 말했습니다.

　　"이 근처에 나이팅게일이라는 아주 특별한 새가 사는 것 같네. 사람들 말로는 짐의 나라에서 그 새가 최고라는데 왜 아무도 그런 얘기를 하지 않은 건가?"

　　시종장이 대답했습니다.

　　"소인도 그런 얘기는 들은 적이 없사옵니다. 그리고 폐하의 정원에서 그 새를 본 사람은 아무도 없사옵니다."

　　황제가 말했습니다.

　　"오늘 밤 당장 그 새를 데려와 내 앞에서 노래하게 하라. 내 나라에 있는 것을 나보다 세상 사람들이 더 잘 안다는 게 말이 되는가!"

　　시종장이 다시 아뢰었습니다.

　　"그 새에 대해 들어 본 적은 없사오나 샅샅이 뒤져서 대령하겠나이다."

하지만 어디 가서 나이팅게일을 찾는단 말인가? 시종장은 계단을 바삐 오르내리며 방과 복도에서 마주치는 사람마다 나이팅게일에 대해 물어보았지만 아는 이가 한 명도 없었습니다. 시종장은 황제에게 돌아와 그 새는 책을 쓴 사람들이 지어낸 이야기가 틀림없다고 말했습니다.

"폐하, 책에 있는 내용을 모두 믿으시면 아니 되옵니다. 그건 모두 지어낸 이야기이거나 마법이라 불리는 것들입니다."

시종장의 말에 황제가 말했습니다.

"허나 내가 읽고 있는 책은 일본의 권위 있는 천황이 보낸 것이다. 거짓일 리가 없어. 짐은 그 나이팅게일의 소리를 들어야겠으니 오늘 밤에 반드시 이곳으로 데려오너라. 그 새는 황제의 은혜를 입고 있어. 그때까지 찾아오지 못하면 내 저녁상을 물리는 즉시 모든 대신들을 곤장으로 엄히 다스리겠노라."

"예이!"

시종장이 소리쳐 대답하고는 다시 계단을 허겁지겁 오르내리며 방과 복도를 뒤지고 다녔습니다. 누구도 곤장은 맞기 싫었던 터라 대신들 중 절반이 시종장의 뒤를 따랐습니다. 모두들 신비한 나이팅게일에 대해 묻고 다니느라 정신이 없었습니다. 세상 사람들은 다 아는 그 유명한 나이팅게일을 정작 제 나라에서는 모르고 있었던 것입니다.

마침내 대신들은 부엌에서 나이팅게일을 안다는 가난한 여자아이를 만났습니다.

"아, 나이팅게일이요? 물론 잘 알죠. 얼마나 노래를 잘하는지 몰라요! 전 매일 저녁 식당에서 남은 음식을 바닷가 근처에 살고 계신 편찮으신 어머니에게 가져다 드린답니다. 그리고 돌아올 때면 너무 피곤해서 숲 속에서 잠시 쉬곤 하지요. 그때 나이팅게일의 소리가 들려와요. 그 소리를 듣고 있으면 항상 눈물이 난답니다. 마치 어머니의 포근한 입맞춤 같거든요."

시종장이 말했습니다.

"우리를 나이팅게일이 있는 곳으로 데려다 주기만 하면, 너를 평생 궁궐 부엌에서 일하게 해주는 건 물론 황제 폐하가 식사하시는 모습을 볼 수 있는 특혜를 주겠다. 오늘 밤 그 새를 궁궐에 데려오라는 폐하의 어명이 있었느니라."

그리하여 소녀는 나이팅게일이 노래를 부른다는 숲으로 향했고, 절반이나 되는 대신들이 그 뒤를 따랐습니다. 가는 길에 소가 우는 소리가 들렸습니다.

한 신하가 말했습니다.

"아! 이 소리야. 조그만 새가 힘이 좋기도 하지. 저 소리라면 분명 들어 본 적이 있어."

소녀가 말했습니다.

"아니에요. 이건 소 울음소리예요. 아직 한참 더 가야 해요."

그때 개구리들이 늪에서 울어 대기 시작했습니다.

"정말 아름답구나! 마치 작은 교회 종소리 같아."

황실 목사가 말했습니다.

"아니에요. 이건 그냥 개구리 소리일 뿐이에요. 하지만 이제 곧 나이팅게일 목소리를 듣게 될 거예요."

그 순간 나이팅게일이 노래하기 시작했습니다.

소녀가 말했습니다.

"이 소리예요. 들어 보세요. 저기 있잖아요!"

소녀가 나뭇가지 위에 앉아 있는 회색빛 작은 새를 가리켰습니다.

그러자 시종장이 대꾸했습니다.

"저 새가 틀림없느냐? 저렇게 작고 볼품없는 새란 말이냐? 사람들에 둘러싸여 있어 제 빛을 잃은 모양이구나."

소녀가 큰 소리로 외쳤습니다.

"나이팅게일아, 자비로운 황제 폐하께서 네 노랫소리를 듣고 싶어하신다는구나."

"정말 영광입니다."

나이팅게일이 이렇게 대답하며 아름다운 소리로 노래를 부르자 모두들 기뻐했습니다.

시종장이 말했습니다.

"유리구슬이 굴러가는 듯하구나. 저 작은 목으로 저리도 열심히 노래를 부르다니. 지금껏 한 번도 듣지 못했다는 사실이 놀라울 뿐이구나. 분명 황실의 큰 보배가 될 게야."

"폐하를 위해 다시 한 번 노래를 할까요?"

황제가 그곳에 있다고 생각한 나이팅게일이 물었습니다.

"아름다운 나이팅게일아, 나는 오늘 저녁에 널 궁궐로 초대

하라는 황제 폐하의 명을 받은 사람이란다. 넌 궁궐에서 그 매혹적인 노랫소리로 황제 폐하의 총애를 받게 될 것이니라."

시종장이 대답했습니다.

"제 노래는 숲 속에서 불러야 가장 아름다운걸요."

나이팅게일이 말은 그렇게 했지만 황제의 소원이라는 소리에 기쁜 마음으로 궁궐로 향했습니다.

궁궐은 공을 들인 덕에 윤이 날 정도로 깨끗했습니다. 도자기로 된 벽과 마루가 수천 개의 황금 등잔 빛에 반짝였습니다. 작은 방울을 매단 아름다운 꽃들이 복도에 놓여 있었습니다. 사람들이 분주히 왔다 갔다 하는 통에 방울이 어찌나 딸랑거리는지 아무 생각도 못할 정도였습니다.

넓은 홀 가운데 황제가 앉아 있었고, 그 옆으로 나이팅게일이 앉을 황금 횃대가 준비되어 있었습니다. 신하들이 모두 한자리에 모였습니다. 황실 부엌에서 정식으로 일하게 된 소녀 역시 문 뒤에 서 있어도 된다는 허락을 받았습니다. 이윽고 황제가 우아하게 고개를 끄덕이자, 화려한 옷을 입은 신하들의 시선이 회색빛 작은 새에게 쏠렸습니다.

나이팅게일의 노랫소리가 얼마나 아름다운지 황제의 눈에 눈물이 가득 차오르더니 뺨 위로 주르르 흘러내렸습니다. 나이팅게일이 더욱 아름답게 노래하자, 황제는 깊은 감동을 받았습니다. 황제는 무척 기뻐하며 자신의 황금 슬리퍼를 나이팅게일의 목에 걸어 주라고 명령했습니다. 하지만 나이팅게일은 정중히 거절하며 상은 이미 충분히 받았다고 말했습니다.

"전 폐하가 흘리신 눈물을 보았습니다. 제게 그보다 더한 선물은 없답니다. 폐하의 눈물에는 놀라운 힘이 있죠. 제가 보답을 받았다는 건 하늘도 아실 거예요."

그러고는 달콤하고 고운 목소리로 다시 한 번 노래를 불렀습니다.

"저렇게 황홀한 소리는 난생 처음이야."

대신들의 부인들이 말했습니다. 그러고는 나이팅게일 흉내를 낸답시고 입 안에 물을 머금은 채 걀걀거리며 말을 했습니다. 여간해선 기뻐할 줄 모르는 하인과 신하들도 무척 만족스러워했습니다. 나이팅게일의 방문은 그야말로 대성공이었습니다.

나이팅게일은 궁궐에 있는 새장에 살면서 낮에 두 번, 밤에

한 번 밖으로 나갈 자유를 얻었습니다. 매번 나갈 때마다 하인 열두 명이 나이팅게일의 다리에 비단 끈을 묶은 채 동행했습니다. 분명 즐거운 나들이는 아니었습니다.

신기한 새에 관한 소문으로 온 도시가 떠들썩했습니다. 두 사람만 만났다 하면 한 사람이 '나이팅'이라고 말을 건네고 다른 사람이 '게일'이라고 대답했습니다. 그것만으로도 뜻이 다 통했으므로 다른 말은 할 필요조차 없었습니다. 열한 명이나 되는 상인들은 자식 이름까지 '나이팅게일'이라고 지었습니다. 하지만 나이팅게일처럼 노래하는 아이는 한 명도 없었습니다.

그러던 어느 날, 황제 앞으로 커다란 소포가 도착했습니다. 상자 위에는 '나이팅게일'이라는 글자가 쓰여 있었습니다.

"보나마나 우리 유명한 나이팅게일이 등장하는 새 책이겠지."

황제가 말했습니다. 하지만 상자 안에 든 것은 책이 아니라 모형 나이팅게일이었습니다. 다이아몬드와 루비, 사파이어로 치장한 것만 빼면 살아 있는 나이팅게일과 똑같은 모습이었습니다. 태엽을 감자, 모형 나이팅게일이 진짜 새처럼 노래하면서

금은으로 된 빛나는 꼬리까지 까딱거리며 박자를 맞췄습니다. 목에 두른 작은 리본에는 이런 글귀가 적혀 있었습니다.

'일본 천황의 나이팅게일은 중국 황제의 것에 비하면 하찮기 그지없습니다.'

"저리도 아름다울 수가!"

선물을 본 사람들이 일제히 소리쳤습니다. 소포를 가져왔던 사람은 그 자리에서 당장 '최고의 나이팅게일을 가져온 사람'이라는 칭호를 얻었습니다.

"두 나이팅게일을 함께 노래하게 하시지요. 정말 환상적인 이중창이 될 겁니다!"

신하들이 말했습니다.

그리하여 나이팅게일 두 마리가 함께 노래를 했습니다. 하지만 웬일인지 소리가 전혀 어우러지지 않았습니다. 진짜 나이팅게일이 자유롭게 노래한 데 반해 가짜 나이팅게일은 기계적으로 노래를 반복했기 때문입니다.

"이 모형이 잘못된 게 아닙니다. 제 소견으로는 박자가 아주 완벽합니다."

궁정악장이 말했습니다.

그래서 가짜 나이팅게일은 혼자서 노래를 했습니다. 노랫소리를 들은 사람들은 진짜 나이팅게일이 노래할 때만큼이나 감동을 받았고, 팔찌나 브로치처럼 화려하게 빛나는 모습에 더욱 마음을 뺏겼습니다.

가짜 나이팅게일은 지치지도 않고 서른세 번이나 똑같은 곡조를 반복해서 불렀습니다. 사람들은 노래를 계속 들을 수 있어 무척 행복했지만 황제는 이제 진짜 나이팅게일의 노래를 들어 봐야겠다고 생각했습니다. 하지만 어디로 가버렸는지 나이팅게일의 모습이 보이지 않았습니다. 나이팅게일이 창을 빠져나가 푸른 숲으로 돌아갔다는 사실을 눈치 챈 사람은 아무도 없었습니다.

"대체 이게 어떻게 된 일이냐!"

황제가 소리쳤습니다. 신하들은 은혜도 모르는 새라며 나이팅게일을 욕했습니다. 신하들이 말했습니다.

"하지만 세상에서 가장 아름다운 새가 있으니 정말 다행입니다."

가짜 나이팅게일이 서른네 번째로 똑같은 노래를 부르기 시작했습니다. 하지만 노래가 너무 어려워 누구도 따라하지 못했습니다. 궁정악장은 가짜 나이팅게일을 입에 침이 마르도록 칭찬했습니다. 다이아몬드가 박힌 아름다운 겉모습만 아니라 음악적인 자질 면에서도 진짜 나이팅게일을 앞지른다고 힘주어 말했습니다.

"황제 폐하, 진짜 나이팅게일은 무슨 노래를 부를지 전혀 알 수 없었지만 이 나이팅게일은 모든 것이 완벽하게 맞춰져 있습니다. 정해진 방식으로 소리가 나는 거지요. 속을 열어 자세히 들여다보면 톱니바퀴가 어떻게 작동하고 어떻게 맞물려 돌아가는지 알 수 있을 것이옵니다."

"저희 생각도 그러하옵니다."

모두가 입을 모았습니다.

궁정악장은 다음 주 일요일에 백성들에게 가짜 나이팅게일을 보여 줘도 된다는 허락을 받았습니다. 황제는 백성들도 그 노랫소리를 들을 자격이 있다고 말했습니다. 가짜 나이팅게일의 노랫소리를 들은 사람들은 술에라도 취한 듯 흥분했습니다.

저마다 고개를 끄덕이며 탄성을 질렀고, 손가락을 치켜세웠습니다. 하지만 진짜 나이팅게일의 노래를 들은 적이 있는 가난한 어부만은 다르게 말했습니다.

"정말 아름다운 소리야. 진짜 새소리와 거의 비슷한걸. 하지만 꼬집어 말은 못해도 뭔가가 허전해."

그 후 진짜 나이팅게일은 황국에서 쫓겨나고, 가짜 나이팅게일은 황제의 침대 맡에 놓인 비단 방석을 차지했습니다. 주변에는 사람들로부터 받은 황금과 귀중한 보석들이 가득했으며, '황제 침실 수석가수'라는 칭호를 얻었습니다. 그리고 황제의 왼편에 앉는 최고 대우까지 받았습니다. 황제는 심장이 있는 왼쪽을 중요하게 생각했기 때문에 왼편에 앉는 것은 최고의 대우였습니다.

궁정악장은 가짜 나이팅게일에 대한 책을 스물다섯 권이나 썼습니다. 책들은 하나같이 학문적이고 두꺼운데다 까다로운 한자로 가득 차 있었지만 사람들은 모두 책의 내용을 잘 이해하는 척했습니다. 혹시 바보 취급을 받거나 곤장을 맞을까 두려웠기 때문입니다.

그렇게 일 년이 흐르자, 황제와 신하 그리고 백성들은 모두 가짜 나이팅게일의 노랫소리를 완벽하게 외워 부를 정도가 되었습니다. 그만큼 가짜 나이팅게일을 좋아했던 것이지요. 사람들은 혼자서도 나이팅게일의 노래를 부를 수 있었습니다. 아이들이 거리에서 "비비비! 뽀로롱!"이라고 노래를 불렀고, 황제도 똑같이 노래했습니다. 그야말로 행복한 날들이었습니다.

그러던 어느 날 저녁, 황제가 침대에 누워 가짜 나이팅게일의 노랫소리에 귀를 기울이고 있을 때, 갑자기 나이팅게일의 몸 안에서 "팅!" 하며 무언가 터지는 소리가 났습니다. 곧이어 톱니바퀴가 "위잉" 하는 소리를 내며 거칠게 돌더니 이내 노랫소리가 툭 끊겨 버렸습니다.

황제가 침대에서 벌떡 몸을 일으키며 황실 의사를 불렀습니다. 하지만 의사가 기계를 고칠 리 만무했습니다. 사람들은 다시 시계 수리공을 불렀습니다. 시계 수리공은 꼼꼼하고 신중하게 살펴본 끝에 새를 그럭저럭 고쳐 놓았습니다. 하지만 아주 조심스럽게 다루어야 한다고 했습니다. 톱니가 많이 닳아 새로 교환하지 않으면 노랫소리를 영영 듣지 못하기 때문이었습니다. 정말 낭패였습니다! 이제 가짜 나이팅게일의 노래는 일 년에 한 번밖에 듣지 못하게 되었습니다. 사실 그마저도 위험할 지경이었습니다. 그런데도 궁정악장은 예전처럼 좋아졌다며 허풍을 떨었습니다. 그래서 사람들은 다들 그런 줄로만 믿었습니다.

그로부터 오 년 후, 온 나라가 깊은 슬픔에 잠겼습니다. 백성들이 존경하는 황제가 병이 들어 살아날 가망이 없었던 것입니다. 이미 새 황제도 정해졌습니다. 거리에 나온 사람들이 시종장에게 황제의 병세가 어떤지 물었습니다. 하지만 시종장은 "푸!" 하며 고개를 흔들기만 했습니다.

크고 호화로운 침대에 누운 황제의 모습은 싸늘하고 창백해 보였습니다. 황제가 세상을 떠났다고 생각한 신하들이 새 황제에게 경의를 표하기 위해 서둘러 방을 나갔습니다. 하인들이 황급히 소식을 전했고, 시종들과 시녀들은 삼삼오오 모여 차를 마시며 새 황제에 대해 이야기를 나누었습니다. 궁전 홀과 복도 바닥에는 두꺼운 천을 깔아 발소리를 황제가 듣지 못하게 하였습니다. 사방은 너무도 고요하고 적막했습니다. 하지만 황제는 아직 살아 있었습니다. 길게 늘어진 벨벳 커튼과 황금 장식 술이 묵직하게 달린 화려한 침대에서 파리하고 뻣뻣한 몸으로 누워 있을 뿐이었습니다. 열린 창문으로 들어온 달빛이 황제와 가짜 나이팅게일을 환하게 비추었습니다.

가여운 황제는 숨도 제대로 쉬지 못했습니다. 가슴 위에 무언가가 앉아 있는 듯했습니다. 눈을 떠보니 그것은 죽음의 신이었습니다. 죽음의 신은 머리에 황제의 관을 쓰고, 한 손에는 황금 칼을, 다른 손에는 화려한 깃발을 들고 있었습니다. 등골이 오싹해질 만큼 무시무시한 얼굴들이 벨벳 커튼 사이로 황제를 들여다보았습니다. 말도 못하게 흉측한 얼굴이 있는가 하면 온화하고 상냥해 보이는 얼굴도 있었습니다. 이 모두는 황제가 이제껏 해왔던 착한 일과 나쁜 일의 형상이었습니다.

"이 일이 기억나느냐?"

"그 일이 생각나는가?"

얼굴들이 차례로 속삭였습니다. 옛일을 떠올리느라 황제의 이마에서 식은땀이 흘렀습니다.

"하나도 모르겠소!"

황제가 소리를 질렀습니다.

"음악, 음악을 연주해! 저들의 말이 들리지 않게 북을 울려라!"

황제가 절규했습니다. 하지만 얼굴들은 질문을 멈추지 않았고, 죽음의 신은 얼굴들이 하는 말에 고개를 끄덕였습니다.

황제가 외쳤습니다.

"음악을 연주해! 내 사랑하는 황금 새야! 나를 위해 노래를 불러다오, 노래를! 내 너에게 황금과 보석을 주지 않았느냐. 목에는 내 황금 신발까지 걸어 주었다. 그러니 날 위해 제발 노래를 불러다오!"

하지만 새는 아무런 대답이 없었습니다. 태엽을 감아 줄 사람이 없었던 탓에 노래를 할 수가 없었던 것입니다. 죽음의 신은 움푹 들어간 눈으로 황제를 계속 쳐다보았고, 주위는 섬뜩할 만큼 조용했습니다.

그때 갑자기 창문 밖에서 아름다운 노랫소리가 들려왔습니다. 나뭇가지 위에 진짜 나이팅게일이 앉아 있었습니다. 황제가 위독하다는 소식을 들은 나이팅게일이 노래로 희망과 위안을

주기 위해 멀리서 날아왔던 것입니다. 나이팅게일이 노래를 하자, 황제를 에워쌌던 유령들의 모습이 점점 희미해졌고, 사위어 가던 황제의 심장 박동이 빨라지며 피가 돌기 시작했습니다. 죽음의 신마저 나이팅게일의 노랫소리에 귀를 기울이며 말했습니다.

"계속 노래하라, 나이팅게일아! 계속 노래를 불러라!"

그러자 나이팅게일이 말했습니다.

"저한테 황제 폐하의 황금 칼과 깃발과 금관을 주신다면 기꺼이 그러지요!"

죽음의 신은 나이팅게일이 노래를 할 때마다 하나하나 보물을 내주었습니다. 나이팅게일은 계속 노래를 불렀습니다. 하얀 장미가 자라고, 오래된 나무들이 신선한 향기를 내뿜고, 살아 있는 자들이 흘린 눈물로 언제나 싱그러운 풀이 자라는 조용한 교회 묘지에 대해 노래했습니다. 그러자 죽음의 신은 자신이 있던 묘지의 정원으로 돌아가고 싶어 이내 차가운 잿빛 안개가 떠도는 창문 밖으로 사라져 버렸습니다.

"고맙구나. 정말 고마워, 작은 새야! 내 너를 기억하노라.

내가 이 땅에서 널 쫓아냈지. 그런데도 넌 노래를 불러 이렇게 악귀들을 몰아내 주었구나. 내 가슴에서 죽음의 신을 내쫓아 주었어. 이 은혜를 어떻게 갚으면 좋겠느냐?"

황제가 물었습니다.

"이미 보답하셨습니다."

나이팅게일이 말을 이었습니다.

"제가 폐하께 처음 노래를 불러 드렸을 때, 폐하께서 보여 주신 눈물을 저는 결코 잊을 수가 없습니다. 그 눈물이야말로 노래하는 이의 마음을 기쁘게 하는 보석이랍니다. 제가 다시 노래를 불러 드릴 테니, 편히 주무시고 얼른 기운을 차리십시오."

나이팅게일은 황제가 포근한 단잠에 빠져 들 때까지 계속 노래를 불렀습니다.

환한 햇살이 창으로 비칠 무렵, 황제가 건강하게 회복된 몸으로 잠에서 깨었습니다. 하지만 대신들은 아직 한 명도 돌아오지 않았습니다. 다들 황제가 죽었다고 철석같이 믿었기 때문입니다. 나이팅게일만이 여전히 황제의 곁에서 노래를 부르고 있었습니다.

"내 곁에 영원히 있어다오. 네가 원할 때만 노래를 부르려무나. 가짜 새는 산산조각 내버릴 터이니."

황제가 말했습니다.

"그러지 마십시오. 저 새는 최선을 다했습니다. 여기에 계속 두십시오. 저는 궁궐에서는 살 수가 없습니다. 하지만 마음대로 찾아올 수 있게 허락해 주신다면, 저녁마다 폐하가 계신 방 창가 나뭇가지에 앉아 노래로 폐하에게 기쁨과 지혜를 드리겠습니다. 행복한 사람들과 고통 받는 사람들, 폐하 주변에 숨어 있는 착한 사람들과 나쁜 사람들에 대해 노래하겠습니다. 폐하와 궁궐에서 멀리 떨어져 있는 가난한 어부와 농부들의 집까지 날아가 그들의 이야기를 노래로 불러 드리겠습니다. 저는 폐하의 왕관보다도 폐하의 마음을 더 사랑합니다. 왕관에는 두려운 힘이 있으니까요. 저는 폐하를 위해 노래하러 올 것입니다. 하지만 한 가지는 약속해 주십시오."

나이팅게일이 말했습니다.

"무엇이든 말해 보거라!"

몸소 옷을 차려입은 황제가 묵직한 황금 칼을 가슴에 대며 일어섰습니다.

"한 가지면 됩니다. 폐하께 모든 얘기를 들려주는 작은 새가 있다는 사실을 아무에게도 말씀하지 마십시오. 비밀로 하는 편이 여러 면에서 나을 것입니다."

나이팅게일이 말을 마치고는 멀리 날아갔습니다.

이윽고 신하들이 돌아가신 황제를 보기 위해 침실로 왔습니다. 순간 신하들이 자리에 우뚝 멈춰 섰습니다. 황제가 신하들에게 인사를 건넸습니다.

"안녕, 잘들 잤는가?"

황제가 빙긋이 웃으며 말했습니다.

Of the law of God
Of the law of man
Of the first ground of the law of the land of the *** ***
Of the 2 ground of the law of the land *** ***
Of the 3 ground of the law *** *** Maximes *** ***
grounded upon the law of reason
Of the v. grounder the law of the land *** *** of Statutes
Of the vi. ground of the law of the land *** ***
The first question of the *** *** *** ***
matter and conscience? *** *** *** ***
In what matter a man is bound by *** *** *** *** the Lawes of England

백조왕자

 겨울이 되면 제비가 날아가는 머나먼 나라에 왕자 열한 명과 엘리자라는 공주를 둔 왕이 살았습니다. 열한 명의 왕자들은 하나같이 가슴에 별을 달고 허리에는 칼을 차고 학교에 다녔습니다. 게다가 황금 칠판에 다이아몬드 연필로 글씨를 쓰고 책에서 배운 것을 줄줄 외웠으므로 누구라도 왕자라는 걸 단박에 알아보았습니다. 막내인 엘리자 공주는 유리로 된 작은 의자에 앉아 왕국의 절반을 주어야 살 수 있는 값비싼 그림책을 보곤 했습니다.

 그야말로 부족할 게 없는 아이들이었습니다. 하지만 그 행복도 오래가지는 못했습니다. 아버지인 왕이 못된 왕비와 결혼을 했던 것입니다. 새 왕비는 아이들을 조금도 좋아하지 않았습니다. 그래서 궁전에 들어온 첫날부터 본색을 드러냈습니다. 궁전에서 잔치가 한창일 때, 아이들은 손님놀이를 하며 놀고 있었습니다. 평소 같으면 케이크와 구운 사과를 먹으며 놀았겠지만 왕비는 아이들에게 찻잔 가득 모래를 담아 주며 맛있는 음식인 양 생각하라고 말했습니다.

일주일이 지나자 왕비는 엘리자를 농부들이 사는 시골로 보내 버렸습니다. 그리고 얼마 안 가 이런저런 거짓말로 왕을 꼬드겨서는 왕의 마음을 불쌍한 왕자들로부터 돌아서게 했습니다. 그리고 사악한 왕비가 왕자들에게 주문을 걸었습니다.

"세상에 나가 너희들 힘으로 살아라. 말 못하는 큰 새가 되어 멀리 날아가 버려!"

하지만 왕자들은 왕비의 바람대로 흉측하게 변하는 대신 열한 마리의 아름다운 하얀 백조가 되었습니다. 백조들은 기이한 울음소리를 내며 창밖으로 나가더니 공원을 지나 숲으로 날아갔습니다.

아직 조용한 이른 아침, 왕자들이 엘리자가 잠들어 있는 농가에 도착했습니다. 백조들은 기다란 목을 쭉 빼고 날개를 펄럭이며 지붕 위를 맴돌았지만 소리를 듣거나 모습을 본 사람은 아무도 없었습니다. 백조들은 구름 위로 높이 날아 넓은 세상으로 나아갔고, 마침내 해변까지 이어진 거대하고 울창한 숲에 다다랐습니다.

한편 농부의 집에서는 불쌍한 엘리자가 나뭇잎을 가지고 놀고 있었습니다. 달리 가지고 놀 장난감이 없었기 때문입니다. 엘리자는 나뭇잎에 작은 구멍을 내서는 그 틈으로 태양을 보았습니다. 마치 오빠들의 초롱초롱한 눈망울을 보는 듯했습니다. 따스한 햇살이 볼에 닿자, 오빠들이 해주던 다정한 입맞춤이 생각났습니다.

그렇게 하루하루가 지나갔습니다. 바람이 집 주위 장미 덤불을 흔들며 속삭였습니다.

"세상에 너희들보다 아름다운 건 없을 거야!"

하지만 장미들은 고개를 흔들며 말했습니다.

"엘리자 공주님이 있잖아!"

일요일, 늙은 농부의 아내가 문간에 앉아 찬송가 책을 보고 있으면 바람이 책장을 살랑살랑 흔들며 물었습니다.

"세상에 누가 너보다 믿음이 깊은 게 또 있을까?"

"엘리자 공주님이요."

찬송가 책이 대답했습니다. 장미꽃과 찬송가 책의 대답은 사실이었습니다.

엘리자는 열다섯 살이 되자, 궁전으로 돌아왔습니다. 눈부시게 아름다워진 엘리자의 모습을 본 왕비는 분노로 치를 떨었습니다. 여왕은 엘리자도 왕자들처럼 백조로 당장 바꾸어 버리고 싶었지만 왕이 딸을 보고 싶어하는 바람에 그러지 못했습니다.

다음 날 아침 일찍, 왕비는 두꺼비 세 마리를 들고 푹신한 쿠션과 색실로 짠 멋진 깔개가 있는 대리석 욕실로 갔습니다. 왕비가 두꺼비들에게 입을 맞추더니 한 두꺼비에게 말했습니다.

"엘리자가 욕조에 들어오거든 머리 위에 뛰어올라 너처럼 멍청하게 만들어라."

그리고 두 번째 두꺼비에게는 이렇게 말했습니다.

"너는 엘리자의 이마에 달라붙어 엘리자의 얼굴을 너만큼 흉하게 만들어라. 왕이 몰라볼 정도로 말이야."

왕비가 세 번째 두꺼비에게도 속삭였습니다.

"너는 엘리자의 가슴에 앉아서 마음을 고약하게 만들어 사람들의 미움을 받게 하여라."

왕비가 두꺼비를 깨끗한 물속에 집어넣자, 물이 금세 초록색으로 변했습니다. 왕비는 엘리자를 불러 옷을 벗고 욕조에 들어가라고 일렀습니다. 엘리자가 물에 들어가는 순간, 두꺼비들이 엘리자의 머리와 이마와 가슴에 재빨리 올라붙었습니다.

하지만 엘리자는 전혀 눈치 채지 못했습니다. 엘리자가 욕조에서 몸을 일으키자, 물위로 빨간 양귀비 꽃 세 송이가 떠올랐습니다. 만약 두꺼비들이 독이 없는 동물이거나 왕비의 입맞춤을 받지 않았더라면 빨간 장미로 변했을지도 모릅니다. 그나마 엘리자의 머리와 가슴에 닿아서 꽃으로 변했던 것입니다. 엘리자는 너무도 순수하고 믿음이 깊어 왕비의 사악한 마법도 통하지 않았습니다.

이 사실을 안 악독한 왕비는 엘리자의 몸이 갈색이 될 때까지 호두 즙으로 박박 문지르는가 하면, 아름다운 얼굴에는 고약한 냄새가 나는 크림을 바르고, 찰랑대는 머리칼은 마구 헝클어 놓았습니다. 아무도 엘리자를 못 알아볼 정도였습니다. 엘리자를 본 왕이 깜짝 놀라며 자기 딸이 아니라고 잘라 말했습니다. 궁전을 지키는 개와 제비들은 엘리자를 알아보았지만 말 못하는 짐승이라 아무런 도움이 되지 못했습니다.

불쌍한 엘리자는 멀리 떠나 버린 오빠들을 생각하며 눈물을 흘렸습니다. 우울한 마음으로 몰래 궁궐을 빠져나온 엘리자는 하루 종일 벌판과 황야를 헤매다 울창한 숲에 이르렀습니다. 어디로 가야 할지 막막했습니다. 가슴에는 슬픔이 가득 차올랐고, 자기처럼 쫓겨난 오빠들 생각이 간절했습니다. 엘리자는 오빠들을 찾아 나서기로 마음먹었습니다.

숲으로 들어선 지 얼마 되지 않아 날이 저물었습니다. 엘리자는 길을 잃은 채 이리저리 헤매 다녔습니다. 엘리자는 기도를 올린 다음, 나무 그루터기에 머리를 기대고 부드러운 이끼 위에 몸을 눕혔습니다. 사방은 조용했고 공기는 달콤했습니다. 반딧불이 수백 마리가 풀밭 위에서 초록빛으로 반짝거렸습니다. 엘리자가 손으로 부드럽게 가지를 건드리자, 반딧불이 유성처럼 머리 위로 쏟아져 내렸습니다.

밤새 엘리자는 오빠들의 꿈을 꾸었습니다. 모두 어린 시절로 돌아가 함께 뛰어놀았습니다. 오빠들은 황금 칠판 위에 다이아몬드 연필로 글씨를 적었고, 엘리자는 왕국의 절반을 주어야 살 수 있는 멋진 그림책을 보고 있었습니다. 하지만 오빠들은 예전처럼 동그라미나 선만 그리는 것이 아니라 자신들이 직접 겪은 용감한 일이나 보고 들은 경험들을 적고 있었습니다. 그림책 속의 그림들이 살아 움직였습니다. 새들이 노래하고, 사람들이 책에서 걸어 나와 엘리자와 오빠들과 이야기를 나누었습니다. 하지만 엘리자가 책장을 넘기면 다들 제자리로 돌아갔으므로 순서가 뒤바뀌는 일은 없었습니다.

　엘리자가 잠에서 깨어나니 이미 태양이 머리 위로 높이 솟아 있었습니다. 사실 키 큰 나무들에 둘러싸인 탓에 태양이 바로 보이지는 않았습니다. 햇살이 황금빛 베일처럼 가지 사이로 일렁이며 비춰 들었을 뿐입니다. 신선한 풀 냄새가 가득했고, 새들이 엘리자의 어깨 위에 내려앉을 듯 가까이 날아다녔습니다. 어디선가 물소리가 들려왔습니다. 여기저기서 솟은 샘물이 반짝이는 모래가 깔린 연못으로 흘러들고 있었습니다. 연못 주변으로 수풀이 우거져 있었지만 엘리자는 사슴이 터놓은 널따란 통로로 물가에 다가갈 수 있었습니다. 바람에 나뭇가지와 풀이 흔들리지 않았다면 그림이라는 착각이 들 정도로 연못은 맑았습니다. 양지에 있는 나무든, 그늘에 있는 나무든, 나뭇잎 하나하나가 물위에 고스란히 비쳤습니다.

물속에 얼굴을 비쳐 보던 엘리자는 못생기고 더러운 자신의 모습을 보고는 깜짝 놀랐습니다. 하지만 작은 손으로 물을 떠 눈과 이마를 씻어 내자 피부가 다시 하얗게 돌아왔습니다. 엘리자는 옷을 벗고 차가운 물속으로 들어갔습니다. 세상 어디에도 이렇게 아름다운 공주는 없는 듯했습니다.

엘리자는 다시 옷을 입고 긴 머리칼을 땋은 뒤 샘이 나오는 곳으로 가서는 손바닥을 오목하게 모아 물을 떠 마셨습니다. 그런 다음 숲 속으로 무작정 깊이 들어갔습니다. 엘리자는 오빠들을 생각했고 하느님이 자신을 버리지 않을 거라고 믿었습니다. 배고픈 사람들의 허기를 달래 주려 사과를 만드신 하느님은 이제 엘리자를 사과나무로 이끌었습니다. 가지가 축 늘어질 정도로 사과가 잔뜩 달린 나무였습니다. 엘리자는 사과로 배를 채우고 나뭇가지에 버팀목을 세워 준 다음 컴컴한 숲 속으로 들어갔습니다. 숲이 어찌나 고요하던지, 발소리와 발밑에 부서지는 마른 낙엽 소리 하나하나가 다 들릴 정도였습니다. 새 한 마리 보이지 않았고, 빽빽하고 울창한 나뭇가지에 가려 햇살 한 줌 들어오지 않았습니다. 게다가 키 큰 나무들이 서로 다닥다닥 붙어 있어 앞을 보고 있으면 튼튼한 울타리 속에 갇힌 듯한 느낌이 들었습니다. 이렇게 외로운 기분은 태어나서 처음이었습니다.

칠흑 같은 밤이 찾아왔습니다. 하지만 이끼 위에는 반딧불 하나 반짝이지 않았습니다. 서글퍼진 엘리자는 잠을 자려고 자리에 누웠습니다. 그 순간 머리 위 가지들이 벌어지더니 하느님이 다정한 눈길로 엘리자를 내려다보았습니다. 작은 천사들도 하느님의 머리 위나 팔 밑에서 엘리자를 몰래 엿보았습니다.

다음 날 아침 눈을 뜬 엘리자는 어젯밤 일이 꿈이었는지, 현실이었는지 분간이 되지 않았습니다. 엘리자는 채 몇 걸음 떼기도 전에 산딸기 바구니를 든 할머니와 마주쳤습니다. 할머니가 엘리자에게 산딸기를 몇 개 건넸습니다. 엘리자는 혹시 말을 탄 왕자 열한 명이 숲을 지나가는 걸 보았느냐고 할머니에게 물었습니다.

할머니가 대답했습니다.

"못 봤단다. 하지만 어제 여기서 별로 멀지 않은 강 쪽에서 머리에 금관을 쓴 백조 열한 마리가 떠가는 건 보았지."

할머니는 엘리자를 얼마 떨어지지 않은 강비탈로 데려갔습니다. 아래로 강물이 굽이쳐 흘렀고, 둑 양편에 있는 나무의 무성한 가지는 맞은편으로 길게 뻗어 나뭇잎이 서로 엉겨 있었습니다. 미처 닿지 않는 가지들은 땅을 비집고 올라온 제 뿌리를 붙잡고 있었습니다. 서로 맞닿으려고 강물위로 가지를 드리운 나무도 있었습니다.

할머니와 헤어져 강을 따라 내려가던 엘리자는 이윽고 탁 트인 바다에 이르렀습니다. 넓고 아름다운 바다가 어린 소녀의 눈앞에 펼쳐졌습니다. 하지만 바다 위에는 돛단배 한 척 보이지 않았습니다. 무슨 수로 이 바다를 건너야 할지 막막하기만 했습니다. 엘리자가 해변에 가득한 조약돌을 바라보았습니다. 돌들이 하나같이 파도에 씻겨 둥글둥글하고 매끈매끈했습니다. 유리, 철, 돌 할 것 없이 전부 바닷물에 쓸려 닳아 있었습니다. 하지만 바닷물은 엘리자의 고운 손보다 더 부드러웠습니다.

"파도는 아무리 철썩여도 지치지 않고, 제 아무리 단단한 것도 부드럽게 만드는구나. 이제부터 나도 파도처럼 강해져야지! 파도야, 소중한 걸 일깨워 줘서 정말 고마워. 사랑하는 오빠들에게도 나를 데려다 줄 거라 믿어."

해변으로 밀려온 해초 사이에 백조 깃털 열한 개가 보였습니다. 엘리자는 깃털을 주워 작은 다발을 만들었습니다. 깃털에는 이슬인지 눈물인지 모를 물방울이 맺혀 있었습니다. 엘리자는 바다에 혼자 있었지만 쉴 새 없이 변하는 바다 덕분에 외롭지 않았습니다. 평생 보아 온 맑은 호수보다 몇 시간 동안 바라본 바다가 훨씬 다채로웠습니다. 하늘에서 먹구름이 밀려오면 바다는 "난 이렇게 험악해지기도 해." 하고 말하는 듯했습니다.

바람이 불면 물거품이 일며 파도가 높이 솟구쳤습니다. 하지만 구름이 진홍색으로 물들면 바람은 잠잠해졌고, 바다는 장미 꽃잎처럼 붉게 빛났습니다. 그러다 초록빛으로, 때로는 하얗게 변하기도 했습니다. 하지만 바다가 아무리 잔잔하다 해도 해변에는 항상 잔물결이 일렁거렸습니다. 잠든 아이의 가슴처럼 가만히 부풀어 올랐다 잦아들곤 했습니다.

해질 무렵, 엘리자의 눈에 금관을 쓴 백조 열한 마리가 육지로 날아오는 모습이 들어왔습니다. 길고 하얀 띠처럼 백조들이 차례차례 미끄러지듯 내려앉았습니다. 엘리자는 비탈로 올라가 덤불 뒤에 몸을 숨겼습니다. 백조들은 엘리자의 근처까지 와서 우아한 날개를 펄럭거렸습니다.

해가 수평선 아래로 넘어가자, 백조들의 깃털이 빠지는가 싶더니 열한 명의 멋진 왕자들로 변했습니다. 바로 엘리자의 오빠들이었습니다. 모습이 많이 변하긴 했지만 엘리자는 바로 오빠들을 알아보았습니다. 엘리자가 소리를 지르며 뛰쳐나와 오빠들의 이름을 부르며 품으로 뛰어들었습니다. 왕자들은 아름다운 아가씨로 훌쩍 자란 여동생을 다시 만난 기쁨에 어쩔 줄을 몰라 했습니다. 오빠들과 엘리자는 웃다 울다 했고, 곧 새엄마가 자신들에게 얼마나 못된 짓을 했는지 분명히 알게 되었습니다.

첫째 왕자가 입을 열었습니다.

"우리는 해가 떠 있으면 백조가 되어 날아다녀야 해. 하지만 해가 지면 다시 사람으로 돌아온단다. 그래서 석양이 물들면 편안하게 쉴 곳을 찾아야 해. 구름 속을 계속 날다가는 바다 깊이 곤두박질치고 말 테니까. 여기는 우리가 사는 곳이 아니야. 바다 건너편에 살고 있지. 아름답지만 아주 먼 곳이란다. 거기 가려면 넓은 바다를 건너야 하는데, 도중에 밤을 지낼 만할 섬조차 없단다. 작은 바위만 하나 솟아 있을 뿐이지. 그것도 얼마나 작은지 서로 꼭 붙어 서 있어야 할 정도야. 파도가 심하기라도 하면 바닷물을 흠뻑 뒤집어쓰고 말지. 하지만 이렇게 사람으로 변해 쉬어 갈 곳이 있다는 것만으로도 고맙게 생각해. 그렇지 않았다면 우리는 왕국에 절대로 돌아오지 못했을 거야. 바다를 다 건너려면 일 년 중 해가 가장 긴 날을 잡아 이틀을 가야 하거든. 우리는 일 년에 딱 한 번밖에 고향땅을 밟지 못해. 그것도 열하루밖에 머물지 못한단다. 그 열하루 동안 우리는 숲을 날아가 아버지가 계시고 우리가 태어났던 궁전도 보고, 어머니가 잠들어 있는 교회 탑도 둘러본단다. 나무와 덤불조차 가족처럼 느껴지곤 하지. 여전히 야생마들은 평원을 힘차게 달리고, 숯쟁이들은 우리가 어릴 때 춤추고 불렀던 옛날 노래를 흥얼거려. 여긴 우리가 사랑하는 고향이야. 결국 이 땅이 우리를 끌어당겨 이렇게 널 다시 만나게 해주었구나. 하지만 우린 여기서 이틀을 더 머물다 바다 건너로 돌아가야만 해. 아름답긴 해도 우리나라가 아닌 곳으로 말이야. 어떻게 하면 널 데려갈 수 있을까? 우린 배도 없고 보트도 없는데."

"어떻게 하면 오빠들의 저주가 풀릴까요?"

엘리자가 물었습니다. 엘리자와 오빠들은 못 다한 이야기를 나누느라 잠도 제대로 자지 못했습니다.

다음 날 아침, 엘리자는 머리 위에서 퍼덕이는 백조들의 날갯짓 소리에 눈을 떴습니다. 다시 백조로 변한 오빠들이 크게 원을 그리며 멀리 날아갔습니다. 하지만 막내 오빠는 떠나지 않고 엘리자의 곁에 남았습니다. 백조가 엘리자의 무릎에 머리를 기대자, 엘리자가 하얀 날개를 어루만졌습니다. 둘은 그렇게 온종일 함께 있었습니다. 저녁 무렵 돌아온 백조들은 해가 지자마자 사람의 모습을 되찾았습니다.

오빠들 중 하나가 입을 열었습니다.

"우리는 내일 이곳을 떠났다가 일 년 뒤에나 돌아올 수 있단다. 하지만 널 혼자 두고 갈 수는 없어. 우리와 함께 갈 용기가 있니? 내 팔은 널 안고 숲을 빠져나갈 수 있을 정도로 아주 튼튼해. 우리의 날개 힘을 합친다면 분명 바다를 건널 수 있을 거야."

"좋아요, 나도 함께 데려가 줘요!"

엘리자가 말했습니다.

오빠들은 밤새 부드러운 버드나무 껍질과 질긴 골풀로 크고 튼튼한 그물을 만들었습니다. 그리고 그물위에 엘리자가 누웠습니다. 이윽고 태양이 떠오르자 백조로 변한 오빠들은 부리로 그물을 들어 올렸고, 아직 잠에 빠진 사랑하는 여동생과 함께 구름 위로 높이 날아올랐습니다. 햇빛이 엘리자의 얼굴을 비추자, 백조들 중 하나가 머리 위로 날아올라 큰 날개로 그늘을 만들어 주었습니다.

엘리자가 눈을 떴을 때는 이미 육지에서 한참 멀어진 뒤였습니다. 바다 위를 높이 날고 있다는 사실이 너무 신기해 엘리자는 꿈을 꾸는 것만 같았습니다. 잘 익은 딸기가 탐스럽게 매달린 가지와, 맛있는 뿌리 한 움큼이 옆에 놓여 있었습니다. 엘리자를 위해 막내 오빠가 준비해 둔 것이었습니다. 엘리자는 고맙다는 뜻으로 막내 오빠에게 미소를 지어 보였습니다. 햇빛을 가려 주려고 머리 위에서 날고 있는 백조가 막내 오빠라는 사실을 엘리자는 잘 알고 있었기 때문이었습니다.

백조들이 얼마나 높이 날고 있었던지 처음으로 눈에 띈 배가 마치 물위에 앉은 갈매기처럼 작아 보였습니다. 산처럼 커다란 구름이 뒤에서 솟아올랐습니다. 구름 위로 엘리자와 백조들이 만든 거대한 그림자가 비쳤습니다. 이렇게 장대한 광경은 본 적이 없었습니다. 하지만 태양이 높아지고 구름이 점점 멀어지자, 그림자는 사라져 버렸습니다.

백조들은 하루 종일 화살처럼 빠르게 하늘을 날았습니다. 하지만 엘리자를 태운 그물 탓에 평소보다는 훨씬 느렸습니다. 저녁이 가까워 오면서 폭풍우가 올 듯 하늘이 흐려졌습니다. 엘리자는 걱정스런 마음으로 지는 해를 바라보았습니다. 하지만 바다 위에 있다는 바위는 어디에도 보이지 않았습니다. 백조들이 더욱더 세차게 날갯짓을 했습니다. 엘리자는 오빠들이 더 빨리 날지 못하는 게 자기 탓인 것만 같았습니다. 해가 지면 백조들은 사람으로 변해 바다에 빠져 죽을 게 뻔했습니다. 엘리자는

온 마음을 다해 기도를 올렸지만 바위는 여전히 보이지 않았습니다. 먹구름이 모여들고 바람이 사납게 부는 것이 곧 폭풍이 몰아칠 기세였습니다. 구름이 거대하고 무시무시한 파도처럼 엘리자와 백조들을 덮쳤습니다. 번개가 연달아서 하늘을 쩍쩍 갈랐습니다.

 태양이 수평선에 걸렸습니다. 엘리자의 심장이 미친 듯이 뛰었습니다. 갑자기 백조들이 총알같이 아래로 떨어져 내렸습니다. 엘리자는 이제 모든 게 끝이라고 생각했습니다. 하지만 백조들은 곧 다시 하늘로 날아올랐습니다. 태양이 반쯤 잠겼을 때쯤 작은 바위 하나가 눈에 들어왔습니다. 크기가 물속에서 고개 내민 바다표범만 했습니다. 빠르게 가라앉던 태양은 이젠 별만큼이나 작아졌습니다. 엘리자의 발이 단단한 바위에 닿기가 무섭게 타고 남은 종이의 마지막 불씨처럼 태양빛이 스러졌습니다. 오빠들이 어깨동무를 한 채 엘리자를 에워싸고 있었습니다. 바위는 열두 명이 있기에 꼭 맞았습니다. 파도가 바위를 때려 물보라가 이는 바람에 다들 몸이 흠뻑 젖었습니다. 성난 불빛이 하늘을 번쩍번쩍 갈랐고, 천둥번개가 요란한 소리를 내며 잇달아 울려 퍼졌습니다. 엘리자와 오빠들은 손을 꼭 잡고 찬송가를 부르며 위안과 용기를 얻었습니다.

새벽녘이 되자 하늘이 맑게 개었습니다. 해가 뜨자마자 백조들은 바위를 뒤로한 채 엘리자를 데리고 다시 힘차게 날아올랐습니다. 바다는 여전히 거칠었지만 하늘에서 내려다보니 검푸른 파도의 하얀 거품이 마치 물위에 떠 있는 수백만 마리의 백조처럼 보였습니다.

해가 높이 떠오르자 공중을 떠다니는 산이 눈앞에 나타났습니다. 산꼭대기가 반짝이는 얼음으로 덮여 있었습니다. 중턱에는 기둥이 줄지어 늘어선 성이 우뚝 솟아 있었는데, 둘레가 몇 킬로미터는 되어 보였습니다. 야자나무가 바람에 한들거리고 물레방아만큼이나 넓고 아름다운 꽃밭이 펼쳐져 있었습니다. 엘리자가 저곳이 오빠들이 사는 곳인지 묻자, 오빠들이 고개를 가로저었습니다. 엘리자가 본 것은 끊임없이 모습을 바꾸는 신기루로, 사람이 들어갈 수 없는 허상이었던 것입니다. 엘리자가 앞을 뚫어지게 바라보자 산과 숲, 성이 사라지고, 그 자리에 높다란 탑과 아치형 창문이 똑같이 있는 교회 스무 채가 나타났습니다. 엘리자의 귓전에 오르간 소리가 들리는 듯했습니다. 하지만 그건 파도소리일 뿐이었습니다. 교회 쪽으로 점점 다가가자, 교회는 바다 위에 떠가는 함대로 바뀌었습니다. 엘리자가 다시 내려다보니 바다 위를 떠다니는 안개밖에 보이지 않았습니다. 눈앞의 풍경은 시시각각으로 변했습니다. 그러다 드디어 진짜 육지가 나타났습니다. 삼나무가 가득한 푸른 산과 도시와 성들이 엘리자의 눈앞에 펼쳐졌습니다. 오빠들은 해가 지기 훨씬 전에 엘리자를 산기슭에 있는 동굴 앞에 내려놓았습니다. 동굴 바닥에는 부드러운 초록 덩굴이 색실로 짠 양탄자처럼 깔려 있었습니다.

"오늘 밤 네가 무슨 꿈을 꿀지 궁금하구나."

엘리자에게 잠자리를 보여 주며 막내 오빠가 말했습니다.

"꿈에서 오빠들이 자유로워질 방법을 찾았으면 좋겠어요."

엘리자가 대답했습니다.

엘리자는 오로지 그 생각에만 마음을 쏟았고, 얼마나 간절히 기도를 했던지 잠꼬대까지 할 정도였습니다. 꿈속에서 엘리자는 하늘을 날아 허공에 뜬 신기루의 성으로 들어갔습니다. 눈부시게 아름다운 요정이 엘리자를 맞으러 나왔습니다. 요정은 숲 속에서 엘리자에게 산딸기를 주며 금관을 쓴 백조들에 대해 알려 준 할머니와 꼭 닮은 모습이었습니다. 요정이 말했습니다.

"넌 오빠들의 저주를 풀 열쇠를 가지고 있단다. 하지만 네게 그만 한 용기와 끈기가 있을까? 바다는 네 고운 손보다 부드럽긴 하지만 울퉁불퉁한 돌을 매끈하게 바꿔 놓을 수 있지. 하지만 고통을 느끼지 않는 바다와 달리 네 손가락은 심한 고통에 시달릴 거야. 또 바닷물은 마음이 없어서 네가 겪어야 할 고통과 슬픔도 느끼지 못한단다. 내가 들고 있는 이 쐐기풀이 보이니? 네가 잠들어 있는 동굴 주변에 많이 자라고 있지. 잘 들어라! 이곳에서 자라는 쐐기풀과 교회 묘지에서 자라는 쐐기풀만 이용해야 한단다. 손에 물집이 생기고 부르터도 이 풀을 뜯어 모아야 해. 그리고 쐐기풀을 발로 으깨서 실을 만든 다음 긴팔 스웨터 열한 벌을 짜야 한단다. 그렇게 짠 옷을 백조들에게 던지면 오빠들의 저주가 풀릴 거야. 하지만 명심하렴! 이 일을 마치기 전까진 절대로 말을 해서는 안 된단다. 한 마디라도 했다가는 그 말이 비수가 되어 오빠들의 심장에 꽂히고 말 테니까.

오빠들의 목숨은 네 입에 달려 있어. 내 말 잊지 말아야 한다!"

말을 마친 요정이 쐐기풀로 엘리자의 손을 건드렸습니다. 엘리자는 불에 덴 듯한 고통을 느끼며 눈을 떴습니다. 날이 훤히 밝아 있었고, 엘리자의 잠자리 바로 옆에 꿈에서 본 것과 똑같은 쐐기풀이 놓여 있었습니다. 엘리자는 무릎을 꿇고 감사의 기도를 드린 뒤, 동굴을 나와 일을 시작했습니다.

곱디고운 손으로 쐐기풀을 꺾자, 타는 듯한 고통과 함께 손이며 팔에 빨갛게 물집이 돋았습니다. 하지만 사랑하는 오빠들의 저주만 풀 수 있다면 엘리자는 아무래도 좋았습니다. 엘리자는 맨발로 쐐기풀을 짓밟은 다음 실을 자았습니다.

해질 무렵 돌아온 오빠들은 엘리자가 벙어리가 된 것을 알고 깜짝 놀랐습니다. 처음에 오빠들은 사악한 왕비가 또 주문을 걸었다고 생각했습니다. 하지만 엘리자의 손을 보고는 엘리자가 자신들을 위해 무언가를 하고 있음을 알아차렸습니다. 막내 오빠가 울음을 터뜨렸습니다. 오빠의 눈물이 엘리자의 손에 떨어지자 거짓말처럼 고통이 가셨고 물집도 씻은 듯이 사라졌습니다.

사랑하는 오빠들을 구할 때까지는 한시도 쉴 수가 없었으므로 엘리자는 밤새 일을 했습니다. 다음 날 오빠들이 떠나고 엘리자는 외롭게 혼자 있었지만 시간이 어떻게 가는지도 몰랐습니다. 스웨터 하나가 완성되자 엘리자는 두 번째 옷을 뜨기 시작했습니다.

그때 사냥꾼의 뿔 나팔 소리가 산을 울렸습니다. 엘리자는 두려움에 휩싸였습니다. 나팔 소리가 점점 더 가까워지면서 개 짖는 소리도 들렸습니다. 겁에 질린 엘리자는 동굴 안으로 뛰어 들어가 모아 놓은 쐐기풀을 둘둘 만 다음 그 위에 앉았습니다.

갑자기 커다란 개 한 마리가 덤불 속에서 튀어나오더니 뒤이어 한 마리, 또 한 마리가 나타났습니다. 개들은 컹컹 짖으며 뒤로 물러났다 앞으로 덤벼들기를 계속했습니다. 곧이어 사냥꾼들이 동굴 앞으로 모여들었습니다. 그중에서 가장 잘생긴 남자가 바로 그 나라의 왕이었습니다. 왕은 엘리자에게 다가갔습니다. 그토록 아름다운 아가씨는 본 적이 없었습니다.

"아리따운 아가씨가 어떻게 이런 곳에 있는 거요?"

왕이 물었습니다. 하지만 엘리자는 고개만 가로저었습니

다. 오빠들의 목숨을 걸고 대답할 수는 없었습니다. 엘리자는 왕이 상처를 보지 못하게 앞치마 밑으로 손을 숨겼습니다.

왕이 말했습니다.

"나와 함께 갑시다. 여긴 그대가 있을 곳이 아니오. 그대가 아름다운 외모만큼이나 마음도 고운 사람이라면 비단과 벨벳 옷을 주고 머리에 금관을 씌워 주겠소. 그리고 화려한 궁전에서 나와 함께 삽시다."

왕이 자신의 말에 엘리자를 태웠습니다. 엘리자가 눈물을 흘리며 두 손을 뿌리치려 했지만 왕은 이렇게 말할 뿐이었습니다.

"난 단지 그대를 행복하게 해주고 싶소. 언젠가 나한테 고마워할 날이 있을 거요."

왕은 엘리자를 앞에 태우고 산을 넘어 말을 달렸습니다. 사냥꾼들이 그 뒤를 따랐습니다.

해가 질 무렵 교회와 둥근 지붕을 인 건물이 늘어선 아름다운 도시에 다다랐습니다. 왕은 엘리자를 궁전으로 데려갔습니다. 거대한 대리석 홀에 화려한 분수들이 물을 뿜어내고 있었고 벽과 천장에는 그림이 그려져 있었습니다. 하지만 엘리자는 어디에도 눈길을 주지 않은 채 슬픔에 젖어 하염없이 눈물만 흘렸습니다. 시녀들이 화려한 옷을 입혀 주고, 머리에 진주 장식을 달아 주고, 물집이 잡힌 손에 보드라운 장갑을 끼워 줄 때도 힘없이 몸을 맡길 뿐이었습니다.

화려하게 차려입은 엘리자의 모습은 정말 눈이 부시게 아름다웠습니다. 신하들이 모두 머리를 조아렸고, 왕은 엘리자를 신부로 맞이하겠다고 선언했습니다. 하지만 대주교는 고개를 흔들며 숲에서 데려온 저 아름다운 아가씨는 마녀가 틀림없다고 속삭였습니다. 마법으로 사람들을 홀리고 왕의 마음을 빼앗았다는 것이었습니다.

왕은 대주교의 말을 무시한 채 음악을 연주하고 귀한 음식을 내오라고 명령했습니다. 아름다운 시녀들이 춤을 추었습니다. 왕은 엘리자에게 향기로운 정원도 구경시켜 주고 호화로운 방도 보여 주었습니다. 하지만 엘리자의 입가에는 여전히 미소가 떠오르지 않았고, 눈에도 생기가 살아나지 않았습니다. 마치 슬픔을 안고 태어난 듯했습니다.

마침내 왕이 엘리자의 침실 옆에 붙은 작은 방문을 열었습니다. 실로 짠 초록빛 융단이 깔린 그곳은 엘리자가 지내던 동굴과 아주 비슷했습니다. 엘리자가 쐐기풀로 만든 실 뭉치가 바닥에 놓여 있고, 천장에는 엘리자가 완성한 옷이 걸려 있었습니다. 사냥꾼 한 명이 신기한 마음에 동굴에서 가져온 것들이었습니다.

왕이 말했습니다.

"여기 있으면 그대가 살던 동굴로 돌아간 기분이 들 거요. 당신이 하던 일감도 여기 있소. 호화로운 궁전에서 옛 시절을 돌아보는 것도 나쁘지 않을 거요."

더없이 소중한 물건들을 본 엘리자의 입가에 비로소 미소가 떠오르며 뺨에도 생기가 돌았습니다. 엘리자는 오빠들이 자유로워질 수 있다는 기쁨에 겨워, 왕의 손에 입을 맞추었습니다. 그러자 왕이 엘리자를 꼭 껴안았습니다. 교회마다 결혼식을 알리는 종소리가 울려 퍼졌습니다. 숲에서 온 아름다운 벙어리 아가씨가 왕비가 되는 순간이었습니다.

대주교가 왕의 귀에 대고 계속 마녀 타령을 늘어놓았지만 왕의 마음을 돌이키지는 못했습니다. 결혼식 날, 대주교는 신부의 머리에 직접 왕관을 씌워 주어야 했습니다. 앙심을 품은 대주교는 엘리자의 머리가 아프도록 작은 왕관을 꾹 눌렀습니다. 하지만 오빠들에 대한 걱정으로 마음이 아픈 엘리자에게 육체의 고통쯤은 아무것도 아니었습니다. 한 마디의 말로도 오빠들의 목숨이 위태로울 수 있기에 입술만 굳게 다물 뿐이었습니다. 엘리자의 눈에는 자신을 행복하게 해주기 위해서라면 무엇이든 다하는 친절하고 잘생긴 왕에 대한 깊은 사랑이 절절히 묻어났습니다. 날이 갈수록 엘리자는 왕을 더욱 사랑하게 되었습니다. 왕에게 모든 사실을 털어놓고 고통을 나눌 수만 있다면 더 바랄 게 없을 것 같았습니다. 하지만 일을 다 마치기 전까지는 절대 입을 열어선 안 되었습니다.

밤이 되면 엘리자는 침대에서 빠져나와 동굴처럼 꾸민 자신만의 작은 방을 찾았습니다. 그리고 한 벌 한 벌 옷을 완성해 나갔습니다. 그런데 일곱 번째 옷을 짜기 시작할 때 그만 실이 다 떨어지고 말았습니다. 교회 묘지에서 자라는 쐐기풀만 효력이 있기 때문에 직접 뜯으러 가야 했지만 어떻게 가야 할지 막막했습니다.

엘리자는 생각했습니다.

"마음속 괴로움에 비하면 손가락 아픈 것쯤은 아무것도 아니야! 난 꼭 해내야만 해. 하느님이 도와주실 거야."

엘리자는 나쁜 짓이라도 저지르는 사람처럼 떨리는 마음을 안고 달빛이 환한 정원을 살금살금 빠져나갔습니다. 그리고 인적 끊긴 거리를 지나 교회 묘지로 향했습니다. 가장 큰 묘비 위에 무시무시한 귀신과 소름 끼치는 마녀들이 둥글게 앉아 있었습니다. 다들 목욕이라도 하려는 듯 누더기를 벗고는 말라빠진 긴 손가락으로 새로 만든 무덤을 파 시체를 꺼내 살을 뜯어 먹었습니다. 쐐기풀을 뜯으려면 그 옆을 지나가야 했습니다. 귀신들이 섬뜩한 눈으로 엘리자를 노려보았지만 엘리자는 기도를 하며 따끔거리는 쐐기풀을 꺾어서 궁전으로 돌아왔습니다.

그런데 딱 한 명, 그 모습을 본 사람이 있었습니다. 바로 모두 잠든 시간에 혼자 깨어 있던 대주교였습니다. 대주교는 이제야 확실한 증거를 잡았다고 생각했습니다. 엘리자의 행동은 분명 왕비의 신분에 맞지 않는 것이었습니다. 왕비는 왕과 사람들을 눈멀게 한 마녀가 분명했습니다.

다음 날 왕이 고백소를 찾았을 때, 대주교는 전날 밤 자신이 본 장면을 말하며 걱정하는 소리를 늘어놓았습니다. 대주교의 입에서 엘리자를 욕하는 말들이 쏟아지자, 성자 조각상들이 "그건 사실이 아닙니다. 엘리자는 결백해요!" 라고 말하듯 고개를 흔들었습니다. 하지만 대주교는 이를 다르게 받아들였습니다. 조각상들이 엘리자가 마녀가 틀림없다고 말하며 엘리자의 사악함에 머리를 내두르고 있다고 여겼던 것입니다. 커다란 눈물 두 방울이 왕의 뺨을 타고 흘러내렸습니다. 왕은 의심스런 마음을 안고 궁전으로 돌아왔습니다. 그날 밤 왕은 잠을 이룰 수 없었지만 엘리자가 자리에서 일어나자 곤히 잠든 척했습니다. 밤마다 엘리자가 자리를 뜰 때면 왕은 소리 없이 뒤를 따랐고, 엘리자가 작은 방으로 들어가는 것을 지켜보았습니다.

왕의 안색은 나날이 어두워졌습니다. 엘리자도 그 사실을 눈치 챘지만 이유를 알 수 없었습니다. 그렇잖아도 오빠들 때문에 걱정이 산더미 같은 엘리자의 마음이 더욱 무거워졌습니다. 엘리자의 뜨거운 눈물이 자줏빛 벨벳 드레스 위로 굴러 떨어졌습니

다. 눈물은 다이아몬드처럼 빛났고, 이 아름다운 광경을 본 사람들은 모두 왕비를 부러워했습니다. 조금만 더 있으면 엘리자의 일도 끝날 터였습니다. 이제 한 벌만 더 뜨면 완성인데, 공교롭게도 또 쐐기풀이 바닥나고 말았습니다. 마지막으로 한 번 더 교회 묘지에 가 쐐기풀을 뜯어 와야 했습니다. 혼자 소름 끼치는 마녀들이 우글대는 곳을 찾아야 한다고 생각하니 두려운 마음이 들었지만 엘리자의 의지는 하느님에 대한 믿음만큼이나 굳건했습니다.

밤이 되자 엘리자는 궁전을 나섰습니다. 왕과 대주교가 살며시 뒤를 밟았습니다. 두 사람은 엘리자가 교회 묘지로 통하는 쪽문으로 사라지는 걸 바라보았습니다. 문으로 들어서자 엘리자가 본 그 흉측한 귀신들이 묘비 위에 앉아 있었습니다. 왕은 그날 저녁까지만 해도 자신의 품에 안겨 있던 엘리자가 그 속에 있을지도 모른다는 생각에 황급히 고개를 돌려 버렸습니다.

왕이 말했습니다.

"백성들이 저 마녀를 심판하게 하라."

백성들이 엘리자를 화형에 처해야 한다고 입을 모았습니다. 엘리자는 화려한 왕실에서 어둡고 눅눅한 지하 감옥으로 쫓겨났습니다. 쇠창살이 달린 창문으로 바람이 마구 들이쳤습니다. 사람들은 비단과 벨벳으로 된 베개 대신 엘리자가 모아 둔 쐐기풀 다발을 넣어 주었습니다. 엘리자가 짠 거칠고 따가운 옷들이 요와 이불이 되었습니다. 하지만 엘리자에게 그보다 더 소중한 것은 없었습니다. 엘리자는 기쁜 마음으로 다시 일을 시작하며 하느님께 기도를 올렸습니다. 밖에서 사내아이들이 엘리자를 조롱하는 노래를 불렀습니다. 다정한 말로 위로해 주는 사람은 아무도 없었습니다.

저녁 무렵, 쇠창살 앞에서 백조가 날개를 퍼덕이는 소리가 들렸습니다. 그것은 여동생을 찾아온 엘리자의 막내 오빠였습니다. 엘리자는 다음 날이면 자신이 죽게 될 걸 알면서도 오빠를 만난 기쁨에 흐느껴 울었습니다. 이제 옷도 거의 완성되어 가고 오빠들도 곁에 있었으므로 엘리자는 두려울 게 없었습니다.

대주교가 왕과 약속했던 대로 엘리자의 마지막 시간을 함께 보내기 위해 감옥에 들렀습니다. 하지만 엘리자는 고개를 흔들며 제발 가달라는 시늉을 했습니다. 오늘 밤 일을 다 마치지 않으면 고통과 눈물로 지샌 밤들이 모두 수포로 돌아갈 터였습니다. 대주교가 악담을 퍼부으며 자리를 떴습니다. 하지만 가여운 엘리자는 자신이 결백하다는 걸 알기에 그저 묵묵히 남은 일을 계속했습니다.

작은 생쥐들이 엘리자를 도우려는 듯 바닥을 쪼르르 달려가 쐐기풀을 발치에 물어다 주었습니다. 개똥지빠귀 한 마리는

창문 근처에 앉아 밤새 명랑한 노래를 부르며 엘리자에게 용기를 북돋아 주었습니다.

이른 새벽 해가 떠오르기 한 시간 전, 엘리자의 오빠들이 궁전 앞에 찾아와 왕을 만나게 해달라고 간청했습니다. 하지만 안 된다는 대답이 돌아왔습니다. 아직은 너무 이른 시각이라 잠든 왕을 깨울 수 없다는 것이었습니다. 왕자들은 사정을 하기도 하고 으름장을 놓기도 했습니다. 결국 호위병들이 문을 열었고, 왕까지 무슨 일인가 싶어 밖으로 나왔습니다. 그 순간 태양이 솟아올랐습니다. 오빠들의 모습이 순식간에 사라지더니 백조 열한 마리가 궁전 위를 맴돌았습니다.

마녀의 화형식을 보려고 도시 사람 전체가 성문 앞으로 모여들었습니다. 늙은 말이 엘리자가 탄 수레를 끌고 왔습니다. 엘리자는 거친 삼베옷을 입고 있었습니다. 탐스러운 긴 머리칼이 아름다운 얼굴 주위에 아무렇게나 흩어져 있었고, 두 뺨은 말할 수 없이 창백했습니다. 입술은 가늘게 떨고 있었지만 손가락은 옷을 뜨느라 바빴습니다. 죽음을 눈앞에 둔 순간조차 엘리자는 일을 그만둘 수가 없었습니다. 완성된 셔츠 열 벌이 발치에 놓여 있었고, 한창 열한 번째 옷을 뜨는 중이었습니다. 군중들이 엘리자에게 야유를 보냈습니다.

"저 마녀 좀 보시오! 뭐라고 중얼중얼 주문을 외우고 있소. 기도서도 없이 요상한 걸 만들어 놓고 있어요. 우리가 뺏어서 갈기갈기 찢어 놓읍시다!"

사람들이 쐐기풀 옷을 찢으려고 엘리자에게 달려들었습니다. 순간, 백조 열한 마리가 날개를 퍼덕이며 나타나서는 엘리자를 둥글게 에워쌌습니다. 깜짝 놀란 군중들이 뒤로 물러났습니다.

"이건 하늘의 계시야. 저 여잔 죄가 없어."

여기저기서 사람들이 수군거렸습니다. 하지만 누구 하나 큰 소리를 내지는 못했습니다.

이윽고 사형집행관이 엘리자의 팔을 붙잡자, 엘리자가 황급히 백조들을 향해 옷을 던졌습니다. 그러자 백조들이 늠름한 왕자들로 변했습니다. 하지만 열한 번째 옷을 다 뜨지 못한 탓에 막내 오빠만은 한쪽 팔에 날개가 달려 있었습니다.

"이제 말할 수 있어요. 난 죄가 없어요."

엘리자가 큰 소리로 말했습니다.

이 광경을 본 사람들이 모두 성자를 대하듯 엘리자에게 허리를 굽혔습니다. 그동안의 상처와 고통과 쓰라림을 이기지 못한 엘리자는 그만 정신을 잃고 오빠들의 품으로 쓰러졌습니다.

"엘리자는 결백합니다."

제일 큰오빠가 단호히 말하며, 그동안에 있었던 일을 사람들에게 모두 이야기했습니다. 오빠의 말이 이어지는 동안 수백만 송이 장미에서 풍겨 나오는 듯한 향기가 사방에 가득 퍼졌습니다. 불을 지르려고 쌓아 둔 장작에서 뿌리가 나고 가지가 뻗더니 빨간 장미꽃이 가득 피어나 크고 높다란 울타리를 이루었던 것입니다. 울타리 맨 위에는 별처럼 밝게 빛나는 하얀 장미 한 송이가 활짝 피었습니다. 왕이 그 장미를 꺾어 엘리자의 가슴에 올려놓았습니다. 그러자 엘리자가 마음 가득 평화와 행복을 느끼며 눈을 떴습니다.

교회 종소리가 저절로 울려 퍼지고, 어디선가 무리 지어 새들이 날아왔습니다. 어디서도 본 적이 없는 성대한 결혼식 행렬이 다시 궁전으로 이어졌습니다.

- Of the law of toea
- Of the law of arms
- Of the full grounded battle
- Of the 3. grounded
- Of the 5. grounded battle
- grounded battle

- Of the 7. grounded
- Of the 9. grounded battle
- The full quadrant battle
- matter and wherefore
- In what manner the
- layers of Englisht

The Steadfast Tin Soldier

장난감 병정

장난감 병정

　옛날 옛적에 장난감 병정 스물다섯 명이 있었습니다. 모두가 낡은 양철 숟가락으로 만들어진 형제들이었습니다. 다들 어깨에 총을 멘 채 앞을 똑바로 바라보는 자세였고, 붉고 푸른색이 어우러진 멋진 제복 차림이었습니다. 상자 뚜껑이 열리고 병정들은 세상의 첫 소리를 들었습니다.

　"장난감 병정이다!"

　그것은 한 꼬마가 기쁨에 겨워 박수를 치며 내지른 소리였습니다. 병정들은 생일 선물이었고, 꼬마는 당장 상자에서 병정들을 꺼내 탁자 위에 나란히 줄을 세웠습니다.

병정들은 하나같이 비슷한 모습이었습니다. 다만, 마지막에 만들어진 병정 하나만 조금 달라 보였습니다. 온전한 모양새를 만들기에는 양철이 부족했던지 그 병정은 다리가 하나밖에 없었습니다. 그래도 두 다리가 있는 다른 병정들처럼 한 다리로 꼿꼿하게 서 있었습니다. 이 병정은 우리를 깜짝 놀라게 할 이야기의 주인공입니다.

병정들이 서 있는 탁자 위에는 다른 장난감들도 많았는데, 그중에 가장 눈길을 끄는 것은 두꺼운 판지로 만든 멋진 성이었습니다. 성에 난 작은 창문을 통해 안을 들여다볼 수도 있었습니다.

성 앞에는 거울로 만든 호수 주위로 작은 나무들이 세워져 있었고, 호수 위에는 밀랍으로 만든 백조들이 떠다녔습니다. 모두가 정말 아름다웠지만 그래도 가장 매혹적인 건 성문에 서 있는 아리따운 아가씨였습니다. 아가씨도 종이로 만들어지긴 했지만 아주 고운 비단 드레스를 입고 있었습니다. 푸른 색 얇은 리본이 스카프처럼 어깨 위에 우아하게 늘어졌고 리본 중간에는 얼굴 크기만 한 반짝이 장식이 붙어 있었습니다. 그 작은 숙

녀는 무용수라서 두 팔을 벌리고 있었고, 하늘 높이 치켜든 한쪽 다리는 외다리 병정의 눈에는 전혀 보이지 않았습니다. 그래서 외다리 병정은 그녀도 자기처럼 다리가 하나라고 생각했습니다.

'나한테도 맞는 짝이 생겼구나. 하지만 너무 과분한 상대야. 어쨌든 아가씨는 성에 살고 있고, 나는 스물다섯 명이 복작대는 상자 속에 있으니 말이야. 저 아가씨와 나는 어울리지 않아! 그래도 알고는 지내야겠어.'

그러면서 병정은 담뱃갑 뒤로 몸을 길게 뻗어 한 다리로 균형을 잃지 않고 서 있는 우아한 아가씨를 황홀하게 바라보았습니다.

밤이 되자 병정들은 다시 상자 속에 넣어졌고 그 집 사람들도 잠자리에 들었습니다. 그러자 장난감들은 여기저기 놀러 다니고 싸움을 벌이고 공을 주고받으며 놀기 시작했습니다. 병정들이 상자 안에서 덜거덕덜거덕 몸을 움직였습니다. 그들도 놀고 싶은 마음이 굴뚝같았지만 뚜껑을 열 수가 없었습니다.

호두까기 인형은 재주를 넘었고, 분필은 석판 위에서 춤을 추었습니다. 장난감들이 야단법석을 떠는 통에 카나리아까지 일어나 재잘거렸습니다. 꼼짝 않고 있는 건 외다리 병정과 무용수 아가씨 둘뿐이었습니다. 한 다리로 꼿꼿이 선 병정처럼 아가씨도 발끝 하나 틀어지지 않은 채 팔을 곧게 내뻗고 있었습니다. 외다리 병정은 아가씨에게서 잠시도 눈을 떼지 않았습니다.

시계가 열두 시를 알리자, 갑자기 '퍽' 하며 담뱃갑 뚜껑이 열렸습니다. 하지만 속에서는 가루담배 대신 시커먼 괴물 인형이 튀어나왔습니다.

"이봐, 외다리 병정. 주제 파악 좀 하시지."

괴물이 소리를 질렀습니다. 병정은 아무 소리도 못 들은 척했습니다.

"좋아, 내일 두고 보자고."

괴물이 소리쳤습니다.

아침이 되자, 잠에서 깨어난 아이들이 장난감 병정을 창문턱에 올려놓았습니다. 이때, 괴물의 장난인지 갑자기 불어온 바람 탓인지 몰라도 난데없이 창문이 벌컥 열리면서 외다리 병정이 삼 층 아래로 거꾸로 떨어지고 말았습니다. 얼마나 빨리 떨어졌던지 병정의 모자가 바닥에 부딪히기 무섭게 총검이 자갈 사이에 쿡 처박혔습니다. 그 바람에 병정의 외다리가 하늘을 향하고 있는 꼴이 되고 말았습니다.

가정부와 꼬마가 병정을 찾으러 한달음에 뛰어내려 왔지만 병정을 거의 밟을 뻔했는데도 끝내 발견하지 못했습니다. 병정이 "나 여기 있어요!" 라고 소리만 쳤어도 못 찾을 리 없었겠지만 제복을 입은 군인의 신분에 어긋난다는 생각이 들어 병정은 가만히 있었습니다.

얼마 지나지 않아 비가 내리기 시작했습니다. 빗방울은 점점 굵어져 이내 양동이로 들이붓듯 쏟아졌습니다. 잠시 후 비가 멎자, 장난꾸러기 사내아이 둘이 나타났습니다.

"야, 이것 좀 봐! 여기 장난감 병정이 있어. 우리 바다에 보내 버리자."

한 아이가 말했습니다.

두 아이는 신문으로 배를 만든 다음 배 가운데에 장난감 병정을 똑바로 세웠습니다. 병정을 태운 배가 도랑을 떠내려가자 아이들은 박수를 치며 그 옆을 쫓았습니다.

억수 같은 비가 내린 뒤라 도랑물은 심하게 일렁거렸고 물살도 무척 빨랐습니다. 종이배는 이리저리 옆으로 흔들렸고, 이따금 빠른 속도로 빙글빙글 도는 바람에 장난감 병정은 두려움에 벌벌 떨었습니다. 하지만 겉으로는 눈썹 하나 찡그리지 않고 어깨에 총을 멘 채 앞을 똑바로 쳐다보며 꼿꼿이 서 있었습니다.

갑자기 종이배가 긴 하수구 속으로 빨려 들어갔습니다. 예전에 살던 상자 속만큼이나 어두운 곳이었습니다.

"이제 나는 어떻게 되는 걸까? 그 괴물이 복수를 하는 게 분명해. 아, 아가씨만 옆에 있다면 여기보다 두 배나 어둡다고 해도 전혀 무섭지 않을 텐데."

바로 그때 커다란 시궁쥐 한 마리가 나타났습니다. 하수구 안에서 사는 놈이었습니다.

"통행증은 있는 거야? 이리 내놔 봐."

시궁쥐가 윽박질렀습니다.

장난감 병정은 입을 꾹 다문 채 총을 쥔 손에 더욱 힘을 주었습니다. 배가 속도를 내며 나아갔고, 시궁쥐가 이를 부득부득 갈며 맹렬히 그 뒤를 쫓았습니다. 시궁쥐가 나무토막과 지푸라기를 향해 소리쳤습니다.

"저 놈 잡아라, 저 놈! 통행세를 안 냈어! 통행증도 안 보여 줬다고!"

물살이 점점 거세졌습니다. 저만치 하수구가 끝나는 곳에 밝은 빛이 보였습니다. 하지만 그와 동시에 어떤 용감한 이도 겁을 집어먹을 만큼 무시무시한 소리가 귓전을 울렸습니다. 하수구가 끝나면서 물이 커다란 운하로 떨어지고 있었습니다. 사람이 배를 타고 폭포에 빠지는 일만큼이나 장난감 병정에게는 위험천만한 상황이었습니다.

하지만 배가 이미 도랑 끝에까지 다다라 있어 멈출 수가 없었습니다. 순간 종이배가 아래로 떨어졌습니다. 장난감 병정은 있는 힘을 다해 몸을 곧추세웠고 눈 한 번 깜빡이지 않았습니다. 배가 서너 번 빙글빙글 도는가 싶더니 배 안까지 물이 가득 들어찼습니다.

드디어 종이배가 가라앉기 시작했습니다. 장난감 병정의 목까지 물이 차오르자, 종이가 흐물흐물 찢어지면서 배는 더 깊이 가라앉았습니다. 물이 병정의 머리를 덮쳤습니다. 그 순간 병정은 이제 다시는 보지 못할 어여쁜 아가씨를 떠올렸습니다. 장난감 병정의 귓가에 오래된 노랫소리가 들려왔습니다.

바다를 헤쳐라, 용감한 전사여.
여기가 그대의 무덤일지니.

종이배가 갈기갈기 찢어지면서 장난감 병정이 밑으로 가라앉았습니다. 바로 그 순간, 어마어마하게 큰 물고기가 장난감 병정을 한 입에 꿀꺽 삼켜 버렸습니다.

물고기 배 속은 그야말로 캄캄했습니다. 하수구보다도 훨씬 어둡고 비좁았습니다. 하지만 외다리 병정은 어깨에 총을 멘 채 꼿꼿이 몸을 세우고 있었습니다. 물고기가 갑자기 미친 듯이 엎치락뒤치락 몸부림을 쳤습니다. 이윽고 물고기가 잠잠해지자, 번개 같은 밝은 빛이 쏟아져 들어왔습니다. 다시 햇빛을 보게 된 병정의 귀에 이런 외침이 들렸습니다.

"장난감 병정이다!"

장난감 병정을 삼켰던 물고기는 어부에게 잡혀 시장으로 팔려 나간 다음 이 집 부엌으로 왔고 요리사가 큰 칼로 배를 갈랐던 것입니다. 요리사가 손가락 두 개로 병정을 집어 올려서는 거실로 들고 갔습니다.

모두들 물고기 배 속에서 항해를 마치고 돌아온 이 놀라운 장난감을 보고 싶어했습니다. 하지만 장난감 병정은 조금도 뽐내지 않았습니다. 사람들이 탁자 위에 장난감 병정을 올려놓았습니다.

그런데 이게 어찌된 영문입니까! 세상엔 별 신기한 일도 다 있는 모양입니다. 장난감 병정이 서 있는 곳은 바로 자신이 떠났던 옛 집의 거실이었던 것입니다. 아이들도, 탁자 위의 장난감들도, 예쁜 아가씨가 있는 멋진 성도 모두가 예전 그대로였습니다. 아가씨는 여전히 한쪽 다리로 균형을 잡은 채 다른 쪽 다리를 높이 치켜들고 있었습니다. 외다리 병정만큼이나 꿋꿋한 모습이었습니다.

장난감 병정은 감격에 겨워 눈물이 났지만 꾹 눌러 참았습니다. 병정은 아가씨를 보았고 숙녀도 병정을 보았지만 둘은 아무 말도 하지 않았습니다. 그때 사내아이 하나가 병정을 집어 들더니 아무 이유 없이 난로 속에다 던져 버렸습니다. 담뱃갑 속의 괴물이 장난을 친 게 틀림없었습니다.

장난감 병정이 불길에 휩싸였습니다. 끔찍할 정도의 열기가 느껴졌지만 그게 불 때문인지 사랑 때문인지 알 수가 없었습니다. 또렷하던 제복 색깔도 바래 버렸지만 그 또한 힘든 여행 탓인지 슬픔 때문인지 알 길이 없었습니다.

장난감 병정은 아가씨를 바라보았고, 아가씨도 병정을 보았습니다. 병정은 자신이 녹아내리고 있다는 걸 느꼈습니다. 하지만 어깨에 총을 멘 채 꼿꼿이 선 자세만은 여전했습니다.

순간 문이 벌컥 열리면서 세찬 바람이 불어와 아가씨를 들어 올렸습니다. 공기의 요정처럼 높이 솟아오른 아가씨는 병정이 있는 불 속으로 곧장 떨어졌고, 이내 활활 타올라 사라져 버렸습니다. 장난감 병정도 뭉개지면서 녹아내렸습니다.

다음 날, 하녀가 재를 걷어 내다 하트 모양의 작은 양철 조각을 발견했습니다. 하지만 아름다운 아가씨가 남긴 것은 석탄처럼 까맣게 타버린 반짝이뿐이었습니다.

Of the law of God
Of the law of man
Of the fi rst ground of the law...
Of the 2 ground of the law...
Of the 3 ground of the law...
groundes from the Jews...

Of the v ground to the law...
Of the vi ground to the law...
The first qu estion of the...
maner and intent...
In what maner a man...
lawes of England

성냥팔이 소녀

살을 에는 듯한 추운 겨울이었습니다. 하늘에서는 눈발이 날리고 있었고 곧 날이 어두워질 참이었습니다. 새해를 하루 앞둔 한 해의 마지막 날이었지요. 불쌍한 어린 소녀 하나가 모자도 쓰지 않은 채 어둠이 내리는 차가운 거리를 맨발로 걷고 있었습니다. 사실 집을 나올 때만 해도 슬리퍼를 신고 있었습니다. 하지만 그게 무슨 도움이나 되었을까요? 원래 엄마가 신던 슬리퍼는 소녀가 신기에는 말도 못하게 컸습니다. 그나마도 엄청난 속도로 달려오는 마차 두 대를 피하려고 허둥지둥 길을 건너다 그만 잃어버리고 말았습니다. 한 짝은 어디로 갔는지 보이지도 않고, 나머지 한 짝은 어떤 남자애 하나가 냉큼 주워서는 커서 아이를 낳으면 요람으로나 써야겠다며 가지고 달아나 버렸습니다.

신발도 없이 거리를 걷는 소녀의 작은 발은 추위로 빨갛다 못해 시퍼렇기까지 했습니다. 소녀의 낡은 앞치마 자락에는 성냥이 가득 들어 있었고, 손에도 역시 한 뭉치가 들려 있었습니다. 온종일 다녔지만 성냥을 사는 사람도, 동전 한 푼 적선하는 사람도 없었습니다. 배고픔과 추위로 바들바들 떨며 힘겹게 걸음을 옮기는 소녀의 모습은 정말 딱해 보였습니다. 목덜미에서 구불거리는 아름다운 금빛 머리칼 위로 눈송이들이 내려앉았습니다. 그래도 소녀는 전혀 신경 쓰지 않았습니다. 창마다 불빛이 환하게 새어 나왔고, 거위 굽는 맛있는 냄새가 거리에 가득했습니다. 소녀는 오늘이 한 해의 마지막 날이라는 사실을 떠올렸습니다.

이윽고 소녀는 거리 쪽으로 조금 튀어나온 집과 옆집 사이의 구석자리에 앉아 다리를 끌어안고 몸을 웅크렸습니다. 하지만 추위는 점점 더 심해지기만 했습니다. 집으로 돌아갈 엄두도

나지 않았습니다. 성냥을 하나도 팔지 못한데다 한 푼도 벌지 못한 탓이었습니다. 빈손으로 돌아갔다가는 아버지에게 맞을 게 뻔했고, 집이라고 해봤자 여기보다 따뜻하지도 않았습니다. 지붕만 겨우 덮여 있다 뿐이지 쩍쩍 갈라진 틈새로 들이치는 황소바람은 짚과 누더기로 아무리 막아도 소용이 없었습니다. 소녀의 작은 손은 꽁꽁 얼어 거의 감각조차 없었습니다.

'아! 성냥불을 켜면 좀 나을지도 몰라.'

성냥 다발에서 한 개비를 꺼내 벽에다 긋기만 하면 손 정도는 녹일 수 있을 것 같았습니다. 소녀가 성냥개비를 꺼내 벽에

다 긋자, "치직" 소리를 내며 불꽃이 환하게 타올랐습니다! 밝고 따뜻한 불꽃 주위를 한 손으로 동그랗게 감싸니 마치 작은 램프 같았습니다.
신비로운 불빛이었습니다. 번쩍이는 놋쇠 손잡이에 놋쇠 다리가 달린 커다란 난로 앞에 앉아 있는 듯한 기분이 들었습니다. 활활 타오르는 불길이 소녀의 몸을 따뜻이 데워 주었습니다. 하지만 소녀가 발가락도 녹이려고 발을 뻗는 순간 불꽃이 그만 꺼져 버렸습니다. 난로가 흔적도 없이 사라졌고, 소녀의 손에는 다 타버린 성냥개비 토막만 덩그러니 놓여 있었습니다.

　　소녀는 다른 성냥개비를 그었습니다. 순식

간에 불꽃이 타오르더니 벽을 환하게 비추었고, 이내 얇은 천 조각처럼 벽이 투명해지기 시작했습니다. 소녀의 눈에 식당이 펼쳐졌습니다. 눈처럼 하얀 식탁보 위에 멋진 도자기 그릇들이 놓여 있었습니다. 사과와 말린 자두로 속을 채운 먹음직한 거위 구이 냄새가 방 안을 가득 메웠습니다. 어느 순간, 놀랍게도 거위가 접시에서 뛰어내리더니 나이프와 포크를 등에 꽂은 채 바닥을 뒤뚱뒤뚱 걸어갔습니다. 거위는 불쌍한 소녀를 향해 곧바로 다가갔습니다. 하지만 그때 성냥불이 다시 꺼져 버렸고, 눈앞에는 차갑고 단단한 벽만 남았습니다.

소녀는 다시 성냥불을 켰습니다. 이번에는 세상에서 가장 아름다운 크리스마스 트리 아래 앉아 있었습니다. 작년 크리스마스 때, 부자 상인이 살던 집 창문 너머로 보았던 것보다 훨씬 크고 훨씬 근사한 트리였습니다. 초록색 가지 위에 수천 개의 초들이 환하게 타오르고, 가게 진열장에서 본 듯한 화려한 그림들이 소녀를 굽어보고 있었습니다. 하지만 소녀가 두 손을 위로 뻗자 성냥불은 곧 꺼져 버렸습니다. 크리스마스 초들이 하늘로 높이 올라가더니 밝은 별로 변했습니다. 별 하나가 반짝이는 꼬리를 남기며 하늘에서 떨어졌습니다.

'누가 죽어 가나 봐.'

소녀는 생각했습니다. 지금은 돌아가셨지만 세상에서 누구보다 소녀를 아껴 주던 할머니가 언젠가 별이 떨어지면 한 영혼이 하늘로 올라가는 거라고 말씀해 주었기 때문입니다.

소녀가 다시 벽에 성냥을 그었습니다. 주위가 환해지는가 싶더니 불빛 한가운데 할머니가 나타났습니다. 밝고 눈부시게 빛나는 할머니의 모습은 그 어느 때보다도 다정하고 행복해 보였습니다.

"할머니! 제발 저도 데려가 주세요! 불이 꺼지면 할머니도 사라지실 거죠. 따뜻한 난로나 맛있는 거위구이, 아름다운 크리스마스 트리처럼 말이에요."

소녀가 소리쳤습니다. 소녀는 할머니를 꼭 붙잡아 두고 싶은 마음에 서둘러 성냥 다발 전체에 불을 붙였습니다. 삽시간에 성냥불이 타올라 주위가 대낮보다 환해졌습니다. 할머니가 그렇게 크고 아름다워 보인 적이 없었습니다. 할머니는 소녀를 품에 안고 하늘 높이 올라 환한 빛 속으로 날아갔습니다. 그곳에

는 추위도, 배고픔도, 두려움도 없었습니다. 두 사람은 이제 하느님과 함께 있었습니다.

매서운 새벽, 발그레한 뺨 그리고 입가에는 미소를 띤 채 소녀는 여전히 그 자리에 웅크려 있었습니다. 한 해의 마지막 날 밤, 소녀는 그렇게 얼어 죽었습니다. 꽁꽁 언 소녀의 몸 위로 새해 아침이 밝아 왔습니다. 소녀의 손에는 까맣게 타버린 성냥 한 다발이 꼭 쥐어져 있었습니다.

"몸을 녹이려 했나 보구먼."

사람들이 말했습니다. 하지만 지난 밤, 소녀가 얼마나 아름다운 장면을 보았는지 그리고 할머니와 함께 얼마나 기쁘게 새해를 맞으며 떠났는지 아는 사람은 아무도 없었습니다.

지은이 한스 크리스티안 안데르센 (1805 ~ 1875년)
덴마크 출신의 소설가이자 동화작가이다. 가난한 구두 수선공의 아들로 태어났지만 어린 시절부터 아버지의 영향으로 많은 책을 읽으며 상상력을 키워 갔다. 한때는 연극배우를 꿈꾸기도 했지만 목소리 때문에 포기하고 한 후원자의 도움을 받아 라틴어 학교에 입학했지만 얼마 뒤 그만두었다. 1824년에 코펜하겐 대학교에 입학한 후 1834년 발표한 『즉흥시인』을 통해 주목을 받기 시작했다. 1835년경부터 본격적으로 동화를 쓰기 시작해 생을 마감할 때까지 160편이 넘는 작품을 남겼다. 대표작으로는 『즉흥시인』, 『눈의 여왕』, 『인어 공주』, 『미운 오리 새끼』, 『벌거벗은 임금님』, 『성냥팔이 소녀』 등이 있다.

옮긴이 김양미
교육대학을 졸업하고 수년간 아이들과 함께 배우며 생활했다. 지금은 좋아하는 책을 벗 삼아 외국의 좋은 책들을 소개하고 우리말로 옮기는 작업을 하고 있다. 번역서로는 아름다운 고전 시리즈인 『작은 아씨들』, 『이상한 나라의 앨리스』, 『빨간머리 앤』(인디고)이 있고, 『지금 알고 있는 것을 그때의 내가 알았더라면』, 『당신의 남자를 걷어찰 준비를 하라』(글담)가 있다.

그린이 규하
최초의 순정만화 잡지 「르네상스」 신인 코너로 데뷔. 단편만화와 일러스트 위주의 작업을 해오다 삼성출판사의 「신데렐라」를 시작으로 동화 일러스트 계에 입문했다. 『셰익스피어 이야기』, 『인어 공주』, 『걸리버』, 『피터 팬』 등 많은 명작의 그림 작업을 하였다.

눈의 여왕 아름다운고전시리즈 ⑤

지은이 | 한스 크리스티안 안데르센　**옮긴이** | 정윤희　**그린이** | 규하
펴낸이 | 김종길　**펴낸곳** | 인디고
편집 | 이은지 · 이경숙 · 김보라 · 김윤아　**마케팅** | 김상윤
디자인 | 박윤희　**홍보** | 정미진 · 김민지　**관리** | 박지응
출판등록 1998년 12월 30일 제2013-000314호　**주소** | (04029) 서울특별시 마포구 월드컵로8길 41 (서교동483-9)
홈페이지 | indigostory.co.kr　**전화** | (02)998-7030　**팩스** | (02)998-7924
블로그 | http://blog.naver.com/geuldam4u　**페이스북** | www.facebook.com/geuldam4u
이메일 | geuldam4u@naver.com　**인스타그램** | geuldam
초판 1쇄 발행 | 2009년 2월 1일　**초판 16쇄 발행** | 2022년 2월 15일　**정가** | 11,800원
ISBN 978-89-92632-98-0 03840

이 책은 글담출판사가 저작권자와의 계약에 따라 발행한 것이므로
이 책 내용의 일부 또는 전부를 사용하려면 반드시 글담출판사의 동의를 받아야 합니다.
잘못된 책은 바꾸어 드립니다.